恋《こい》人《びと》候《こう》補《ほ》の犬《いぬ》ですが

名《な》倉《くら》和《わ》希《き》

ILLUSTRATION：壱《いち》也《や》

恋人候補の犬ですが

LYNX ROMANCE

CONTENTS

恋人候補の犬ですが

結城涼一《ゆうきりょういち》が勤めている会社のビルには、番犬――もとい、警備員がいる。

毎朝、正面玄関の脇で若さあふれる眩《まぶ》しいばかりの笑顔を浮かべながら、挨拶してくるのだ。

「おはようございます、結城さん」

「……おはようございます……」

挨拶だけなら、続々と出社してくるほかの社員にもしているのだが、名前まで呼んでいるのはどうやら涼一だけらしい。なぜ自分だけ名前を呼ばれるのだろう。いつ名前を知ったのだろう。しかも楽しそうな笑顔付きで呼ぶ。

この警備員、外見は悪くない方だと思う。帽子を被《かぶ》っているから目元が陰になっているが、涼しげな目をしているのがわかる。顔の輪郭はシャープで、すらりと背が高く、脚が長い。姿勢もよかった。警備員の制服がよく似合っていて、肩幅に両脚を開いてしっかりと立つ姿は様になっている。武道の心得があるのだろうなと感じさせる、静かな佇《たたず》まいの中にも張りつめたものを秘めているように見えた。だが、普通の警備員と言ってしまえばそれまでだ。涼一にはとくに心動かされるものがない。

名前を呼ぶのは、もしかして彼は女性よりも男性が好きで、涼一にコナをかけているのかなと自意識過剰気味なことを考えたりもしたが、もしそうだとしても、まったく、ぜんぜん、一ミリたりとも興味など湧かない。たぶん、彼は自分より年下だ。今年で三十歳になるギリ二十代の自分よりも年上には見えない。あのフレッシュさは、新卒かもしれない。とすると五、六歳は年下ということになる。

男は四十代からだと確信している涼一にしてみれば、青二才としか思えなかった。

まさか、彼は涼一のことを同年代だと思っているのだろうか。あり得そうで不愉快だ。

涼一は会社では部下もいるのに、貫禄《かんろく》の「か」の字も感じられない外見なのだ。うりざね型の輪郭に、二重のはっきりした、それでいて切れ長の目、鼻梁《びりょう》と唇はよくいえば繊細、悪くいえば男らしさに欠ける印象で、髪と眉は染めてもいないのに茶色がかっている。子供のころはよく女の子に間違えられた。長じてからは、さすがに性別を間違えられることはなくなったが、かといって男らしい力強さや荒々しさは育たず、中途半端な感じで成長はストップした。毎朝、鏡を見るたびにため息が出る。

この外見のせいであの警備員はいろいろと勘違いをしているかもしれない。どういうつもりで名前呼び付きの挨拶をしてくるのかと問《と》い質《ただ》したいところだが、そこまで気にするのも大人げないと思い、結局、放置している。

けれどこのところ職場に憂鬱《ゆううつ》な案件を抱えている涼一にとって、彼の笑顔は一種の清涼剤的効果があることは否定できない。爽やかで明るい笑顔に癒しを覚えるのだ。そう感じているのは自分だけかもしれないから、恥ずかしくてだれにも言えないが。

彼の視線が自分の横顔に注がれているような気がしながらそのまま通り過ぎてビルの中に入り、涼一はエレベーターホールへと向かった。多くの社員とともにエレベーターに乗りこむ。

上階のオフィスにいるだろう、上司の顔を思い浮かべて気持ちが波立ちそうになってきた。そっと深呼吸して、平常心だとおのれに言い聞かせた。

なにがあっても平常心。なにも感じない、なにも考えない、なにも言い返さない。そして感情を顔には出さない。

（よし、今日も一日、耐えてみせる）

ひそかに気合いを入れてエレベーターを降りた。

ふと涼一は、あの警備員はこんな面倒くさい問題を抱えておらず、まっとうで健康的な精神状態なのだろうなと、すこし羨ましく思った。

◇

「結城さん、今日もキレイでしたね」

警備員室に入るなりうっとりと呟《つぶや》いた菅野俊介《すがのしゅんすけ》を、上司の清水《しみず》が胡乱《うろん》な目で見遣《みや》ってきた。早朝から昼までの警備が終了し、いまは他の警備員と交替して休憩時間に入っている。

「ああまあ、そうだけど……。君、ちゃんと仕事していたのか？　特定の社員のことばかり考えて、自分の役目を疎《おろそ》かにしていないだろうね？」

「いやだなぁ、清水さん、きちんと仕事していましたよ。出入りする人間をばっちり観察しつつ、敷地外にも注意を払っていました！」

意識的にキリッと表情を引き締めたが、清水にため息をつかれてしまう。身長が百八十五センチある俊介より、清水は十五センチも低い。年齢も二十歳近く年上なのだが、柔道で鍛え抜かれた体に衰えはいっさい感じられず、大学を出たばかりの俊介よりずっと頼りがいがありそうな警備員だ。

帽子を取り、清水はパイプ椅子に腰かけた。

「君のことは社長からくれぐれもと頼まれているが、なんだろう、この不安感は。いままでたくさんの新人を見てきたが、もしかして君は私の手に負えないのかもしれない」

「そんなことないです。この半年で、たくさん勉強させてもらいました」

四月に総合警備会社である株式会社スガノ警備に入社して十一カ月。研修期間を経て現場に配備されてからは半年になる。真冬の厳しさを経験し、早朝勤務にも深夜勤務にも慣れてきたところだ。

「やっぱり父が言っていた通り、清水さんは警備のプロです。俺もはやく一人前になって、清水さんのような警備員になりたいです」

研修では教えてもらえない現場での動き方などを、俊介はいま清水から学んでいるところだ。清水がまとめているチームの一員になれてよかったと思っている。

日本全国津々浦々、会社から学校、個人宅まで守りに守っているスガノ警備。正社員は一万人を超え、関連企業も含むと五万人を数える巨大企業だ。だが歴史は浅く、設立からまだ三十年そこそこ。警備にかけては老舗と言われる業界ナンバーワンの会社を懸命に追いかけているところだった。

俊介はスガノ警備を立ちあげて急成長させた現社長の二男なのだ。

「んー、まあ、君は警備員の素質があるとは思うよ。体力はあるし、武道の心得もある。だがちょっと注意力が散漫だ。性格的なものが大きいと思うが、訓練と経験でその穴は埋めていく必要があるだろうな。だがそこまで現場に適応しなくても、君はそのうち会社の経営に携わることになるんじゃないのか？」

「いえ、俺はそのつもりがないです」

清水がとなりのパイプ椅子を無言で促してきたので、俊介も座った。

「兄がすでに経営陣に加わっていますし、俺はそうやって頭を働かせるより現場で体を動かしていた方が性に合っているんで」

「………そうか」

清水は複雑そうな表情をしつつも、俊介が口にした「頭を働かせるよりも」のくだりを否定しない。人生経験も豊富な四十代の男は、部下になった新人の適性をしっかり見極めているようだ。

「それよりも結城さんですよ」

今朝も結城の姿を見られたことで、俊介は浮かれていた。

「なんなんでしょうね、あの人のキラキラ感は。大勢のリーマンの中でも輝いて見えるってのは、もう奇跡のような存在だと思いませんか」

「俺にはちょっと顔がキレイなだけの普通の男に見えるがな……」

「今日も挨拶できて嬉《うれ》しかったです。結城さんは律儀な人なので、俺の挨拶が耳に届いたら、かならず返事をしてくれるんですよ。すごくないですか？」

「挨拶を返すくらい普通のことだから」

「明日も結城さんに会えるかな」

結城ドリームに入ってしまうと他人の声が聞こえなくなる俊介に、清水はまたため息をつく。短く刈りこんだ頭をガリガリと掻《か》いて呆《あき》れた顔になっているのも、俊介は気づいていなかった。

「あ、清水さん、俺のシフト、いじらないでくださいよ。朝だけは絶対に正面玄関に立ちますから。結城さんに会える数少ないチャンスなんです。できればもっとお近づきになりたいですけど、勤務中に話しかけちゃダメですもんね。あー、なにかきっかけがないかな。道端でばったり会えたらいいのに。そうだ、帰り道で待ち伏せしたらどうでしょうか」

「やめてくれ。警備員がストーカーの真似《まね》ごとしてどうする。待ち伏せはダメだ。そんなことをしたら結城さんに嫌われるぞ」

「あ、そうか。そうですね」

結城に嫌われるという言葉はきちんと耳に入ったらしいと、清水がひとまず胸を撫《な》で下ろしたところも俊介は見ていない。上司にいらぬ心労をかけていることなど、坊ちゃん育ちで能天気な性格の俊介はまったく気づいていなかった。

◇

枕元に置いた目覚まし時計がうるさく鳴っている。涼一は半覚醒状態のまま、布団から手を伸ばしてアラームのスイッチをオフにした。午前七時。起きて会社に行かねば。

「うぅ……っ」

呻《うめ》きながら重い体を動かして、なんとか自分の部屋を出た。すでにリビングのテレビがつき、キッチンに人の気配がすることに顔をしかめる。ベーコンが焼けるいい匂いが漂ってきていた。やはりあと三十分は早く起きなければならなかった。だが寝起きがあまりよくない涼一には、それはなかなかに難しいことなのだ。

「おはようございます」

涼一が声をかけると、カウンターの向こうで長身の男が振り向いた。

「おはよう」

優しく微笑《ほほえ》みを向けてくれる彼は、藤崎和彦《ふじさきかずひこ》といい、今年で五十七歳になる。五年前に不慮の事故で亡くなった母親の再婚相手だ。現在、涼一は都心のマンションで義理の父親と二人暮らしをしている。

藤崎は春らしい桜色のニットの上にデニム生地の白いエプロンをつけていた。そのニットが生前の母親からのプレゼントだと知っている。

「お義父《とう》さん、朝食は僕が作るって言いましたよね」

「いいじゃないか。すこしくらいやらせてくれよ。年寄りは早く目が覚めてしまって、やることがないとつまらないんだから」

ははは、と藤崎は明るく笑う。桜色のニットの袖は肘までまくられていて、腕が見えていた。筋張って筋肉が落ちた腕を、涼一は痛々しいと思ってしまう。

藤崎は一年前から病気療養のために休職している。復帰のめどは立っていない。公務員なので解雇にはならないだろうが、年齢が年齢だし、そのうち退職を促されるだろう。

かつて、藤崎の長い手足とがっしりとした肩幅、厚い胸は、涼一の憧れだった。成人しても思うほどには逞《たくま》しくならなかった自分があまり好きではなかったから。理想の大人の男が、藤崎のような人だったのだ。それが病魔によってこんなに痩せてしまった。短い髪は白髪の方が多い。一時期は治療によって体毛がすべて抜け落ちてしまったが、すこし戻ってきたところだ。

「顔を洗って着替えておいで」

「……はい」

やんわりと譲らない態度を貫かれてしまっては、涼一もそれ以上なにも言えなくなる。

顔を洗い、ほとんど生えてこない髭《ひげ》を当たってから、ワイシャツとスラックスを身につけ、ネクタイとスーツの上着を手にダイニングテーブルについた。藤崎がマグカップいっぱいの淹《い》れたてコーヒーを出してくれる。そしてベーコンエッグとトースト。特に手のこんだ料理ではないけれど、病気療養中の藤崎が涼一のために用意してくれたと思うと、申し訳ないけれど嬉しい。

「ありがとうございます。いただきます」

きちんと両手を合わせて感謝の気持ちを表してから、美味《おい》しくいただいた。けれど出がけに「家事はほどほどにして、本当に無理しないでください」と釘《くぎ》を刺すのを忘れない。

「わかっているよ。自分の体力と相談しながらやるから、大丈夫」

「じゃあ、いってきます」

「いってらっしゃい」

藤崎に玄関で見送られながら、涼一はマンションを出た。

ふと振り返って、十五階建てのマンションを見上げる。自宅は五階だ。きっといまごろ、洗濯か掃除に取りかかろうとしているだろう。涼一は藤崎が心配でならなかった。

長いことシングルマザーだった母親から藤崎を紹介されたのは、涼一が大学二年生のとき。

初対面の藤崎は誠実そうで優しそうで、涼一は好感以外のものを抱けなかった。藤崎はそのとき四十代後半で、結婚歴がなかった。公務員で容姿もいいのにこれまで結婚する機会がなかったという不思議に、涼一はなにか藤崎本人に問題があるのではと疑ってしまった。

「じつは母親が何年も患っていてね。姉と二人で介護をしていたんだよ」

涼一の疑問に、藤崎はそう話してくれた。その母親は一年前に他界。姉は母親の四十九日が終わってから、海外に単身赴任していた夫を追って海を渡ったという。

「一人になってみて、はじめて自分の老後というものを考えるようになってね。どうしようと思っていたときに君のお母さんに出会ったんだ。温かな人柄と、君を立派に育て上げた強さに惚《ほ》れたんだ」

燃えるような情熱はもうないが、穏やかにおたがいを慈しみ合いながら付き合っていけたらいい、と藤崎は臆面もなく言った。

その半年後に二人は結婚した。涼一は成人していたし、いまさら名字を変えるのは友人たちへの説明や大学の書類やらなにやらを書き換えるのが面倒という理由で、戸籍を別にすることになった。なので、涼一の名字は母親の旧姓である「結城」のままだ。結婚を機に涼一は一人暮らしをはじめたので、とくに不都合はなかった。藤崎の病気がわかったあとで、涼一は一人暮らしの部屋を引き払って、藤崎のマンションに引っ越した。

二人で住むことになったとき、玄関ドアの表札に藤崎と結城の名字を並べた。そのときになって、涼一ははじめて自分の気持ちを自覚した。藤崎には絶対に知られてはいけない感情が、この胸の中にあることを——。

思えば、物ごころついたときから、異性に惹《ひ》かれたことがなかった。学校の教師や塾の講師に目が行った。みんな、一回り以上年上の男性ばかり。クラスの女子生徒には関心が湧かない。高校生になったころ、さすがにおかしいと思ったが、母子家庭で育ったせいで年上の男性に興味を持つだけだと結論づけた。自分のセクシャリティに関する問題から目を背けたのだ。

大学生のとき、女性と付き合った。相手からのアプローチがあったからで、とくに嫌いではなかったから承諾した。けれど、彼女とセックスしたいとは思わなかった。結城の態度に失望したのか、彼女は去っていった。それからは女性から告白されてもすべて断ることにしている。彼女たちが望むような付き合いはできないと、さすがにわかったからだ。

かといって、男性と付き合ってみようと思うところまではいけない。男性からそういう意味での好意を示されたこともあるが、そこまで開き直るには、かなりの勇気が必要だった。

いまはとりあえず、病気が完治していない藤崎を支えていく。それだけを考えている。自分の色恋なんてどうでもいい問題だ。大切なのは藤崎。

大丈夫、自分はできる。曖昧なままいまの生活を続けて、仕事も続けていく。それが涼一の望みなのだ。

いつものように電車に乗り、会社の最寄り駅で降りる。コート姿の会社員たちの波に乗りながら、涼一はきれいにタイルが敷かれゴミひとつ落ちていない歩道を歩いた。

涼一が勤める会社は、国内で五指に入る大手の損害保険会社「若葉《わかば》損害保険株式会社」だ。東京丸《とうきょうまる》の内《うち》に自社ビルがあり、通称「若葉ビル」と呼ばれている。若葉損保は国内のみならず世界中に支社や支店を展開している。涼一は大卒で採用され入社してから七年間、ずっと本社勤めだった。

「おはようございます」

背後から若い女性に声をかけられ、涼一は振り向いた。小走りで駆け寄ってきて横に並んだのは、部下の近藤朱音《こんどうあかね》だった。まだ入社二年目ながら仕事が正確で早く、将来有望な若手の一人だ。

近藤は小柄で、日本人の平均身長ていどの涼一より十五センチは身長が低い。可愛《かわい》らしい顔をしているので、男性社員たちからは人気があるそうだが、なぜだか愛想のない涼一を慕ってくれている。こうして通勤途中に遭遇するとかならず声をかけてくれるのだ。

「今朝は冷えますね。もう暦の上だととっくに春なのに」

「そうだな」

「テレビで見ましたけど、九州《きゅうしゅう》の方は、もう桜が咲きはじめているみたいですね。そういう話を聞くと、日本って広いんだなぁって思います」

「そうだな」

気の利いた相槌《あいづち》なんてとっさに出てこない。かといって話を聞き流しているわけでもない。きちんと聞いていることをわかってくれているのか、近藤は気を悪くした様子はなく、にこにこと横から見上げてきた。

しばらく並んで歩いていると、若葉ビルが見えてきた。

ガラスとコンクリートでできた地上二十階建てのビルを、芝生が敷かれた庭が囲んでいる。いまは季節がら芝生は茶色いが、もうすこし暖かくなってくれば鮮やかな緑色になるのだ。ちいさい噴水があり、東屋《あずまや》も作られているので、季節がよくなってくれば社員たちの憩いの場にもなる。敷地はぐるりと低いフェンスに囲まれており、『若葉損害保険株式会社』というシルバーに輝く看板が堂々と掲げられていた。

正面玄関の脇に、紺色の制服を着た警備員が立っているのが目に入った。いつもの彼だ。

通り過ぎるときに、やはり笑顔付きの挨拶をしてきた。

「おはようございます。結城さん」

「……おはようございます……」

挨拶を返しながら、彼にはやはり清涼剤的効果があるなと思うが、同時に自分だけ名前を呼ばれる違和感が拭えない。

エントランスを横切り、エレベーターホールへと向かう途中、近藤がこそっと訊《たず》ねてきた。

「あの、さっきの警備員と係長って親しいんですか？」

「まさか」

「でも、たびたび名前を呼ばれているような気がするんですけど」

「いつのまにか覚えられて呼ばれるようになった。正直言って、気持ちが悪い」

「気持ち悪いって……」

近藤がプッと吹き出した。笑いを取りにいったつもりはないから近藤の反応を意外に思った。

「若い警備員さんって、あまりいないですよね。彼、背が高いし、制服で三割増しに見えるから、ウチの女子に人気があるんですけど、係長にとってはそういう存在なんですね」

近藤は口元を手で隠しながら、くくくと笑っている。

あの警備員に女性社員たちが興味を抱くのはわかる。たしかに、あそこまで若くてスタイルのいい警備員は珍しい。だが、だれだっていきなり名前を呼ばれたら気持ち悪いと思うだろう。いまの話のどこがそんなに面白かったのだろうか。若い女性のツボってわからない。

上階から下りてきたエレベーターがポーンと電子音を響かせながら目の前で扉を開いた。ぞろぞろ

と社員たちとともに乗りこみ、扉側を向いて立つ。正面玄関に立つ例の警備員が振り返ってこちらを見ていた。いったい何を見ているのか、職務怠慢としか思えない。

(外を向けよ。警備員だろ)

ムッとしたが、ここから注意を促すことはできない。もう気にしないことにして、意識を上階に向ける。これからもっと面倒臭い営業部長と否応《いやおう》なく顔を合わせることになるのだから、そっちの方が涼一にとっては重要だ。近藤とともにエレベーターを降り、営業二課のスペースに足を踏み入れると、涼一は「おはようございます」と腹から声を出した。

始業三十分前。いつもの時間だ。営業二課のフロアを見渡すと、半分ほどの社員がすでに出勤してきていた。涼一の現在の肩書きは係長だ。近藤を含む十人の社員をまとめていて、デスクはひとつの島のようにくっついて置かれている。営業二課にはそんな島が五つあり、窓際にひとつだけ単独で置かれているデスクが課長のものだった。

課長はまだ来ていないようだ。いつも十分前の出勤なのでとくに問題はない。広いフロアはパーテーションで区切られていて、営業一課がある。さらにその向こうには営業部長の部屋があった。

この会社の部長職以上には個室が与えられていて、営業部長は笠井《かさい》という四十歳の男だ。課長よりも年下の社員が部長職に就いたのは二年前。どんなやり手の男かと思ったら、なんのことはない、現社長の甥《おい》だった。

この会社は創業五十年の歴史があり、世襲性ではない。その時代にあった能力のある社員がトップまで登りつめる。現社長もそうだったはず。だが身内に甘い人らしく、血縁者がちらほらと社内に散見される事態になっている。縁故入社を全部否定するわけではない。だが、役職を与えるときは能力を見極めてほしい。笠井は無能ではないが、有能と評するほどでもない人物だった。それだけならまだいい。ごく普通に仕事をしていてくれれば、なにも問題は起こらないから。

「やあ、おはよう」

涼一のデスクから一番近いドアから、いきなり聞きなれた野太い声が響いてきてギョッと顔を上げた。営業部長の笠井が笑顔で立っている。でっぷりと太った体をオーダーのスーツで包んだ笠井は、まだコートが必要な肌寒い三月の朝だというのに額に汗を光らせていた。もちろんコートなど着ていない。若葉損保では部長職以上の役職には、希望すれば送迎車がつく。健康のためにと、あえて電車通勤している重役もいるが、笠井はもちろん車を使っていた。

肉が盛り上がった頰に眼鏡の縁を乗せた笠井の笑顔に、涼一はできるだけにこやかに「おはようございます」と挨拶をした。心の準備ができていなかったため、体の中で渦巻く嫌悪を押し殺すのに必死にならなければならなかった。

なぜ営業二課のドアから入ってくるのか。営業部長の部屋はここからでは遠い。

とはいえ、絶対にこのドアから入ってはいけないという規則などない。自分が統括しているフロアを出勤時に見ておきたいと笠井が口にしたとしたら、仕事熱心だ、部下を思いやっていると評価されるだろう。たとえ涼一が不快だと思っていても。

「結城君、おはよう。今日も麗しいね」

まっすぐに涼一のデスクまでやってきて、笠井はニヤニヤと笑う。思わず救いを求めるように近藤のデスクへ視線を向けたが、不在だった。給湯室だろうか。

近くにだれもいないときを狙うのが、笠井は異常に上手《うま》かった。

「ここのところ、ちっとも残業しないね。君は効率のいい仕事の仕方を身につけたのかな？」

「……できるだけ早く帰宅するために、定時までで仕事を終わらせるよう、努力しています」

「そうみたいだね。定時で帰ったとしても、君の班の成績が落ちているわけではないから、それはわかっている。どんなふうにやっているのか、ぜひほかの班にもレクチャーしてあげてほしいな」

ねっとりとした口調で言いながら、笠井が涼一の肩にポンと手を置いた。そのまま腕をするりと撫でられて、ぞっと全身に鳥肌が立つ。

視界の隅に、マグカップを手に戻ってきた近藤がうつった。笠井がすっと涼一から離れて「じゃあ、またね」と歩き去っていく。触れられた肩と腕が汚れたような気がして払いたい衝動が起こったが、涼一は人目を気にしてなにもできなかった。

「係長、どうぞ」

近藤が横からマグカップを差し出してきた。熱いコーヒーがなみなみと入っていて、嗅ぎなれた芳《ほう》醇《じゅん》な香りが鼻孔をくすぐる。ホッとする匂いだ。

「ありがとう」

「ちょっとしたサービスです」

近藤はニコッと可愛らしく笑って自分の分のマグカップを手に、席につく。

この会社は基本的に自分の飲み物は自分で用意することになっている。だが近藤はこうしてときどき涼一にサービスしてくれた。いまのように笠井の毒にあてられそうになったときはありがたい。

コーヒーをそっと飲み、ひとつ息をつく。

「とても美味しいよ」

近藤に笑いかけると、また笑顔を返してくれた。すこし癒されたが、それでも笠井に触れられた場所がどうにも気持ち悪かった。

笠井が言っていた残業云々《うんぬん》は、思い出すと吐き気がするほどの嫌な記憶になっている。以前、一人で残業していたとき、襲われそうになったのだ。

笠井が営業部長に就任してから、特別に目をかけられているという自覚があった。よく声をかけられるし、そのときに肩や背中、腕などを触られていたからだ。それが単に若手を励ますためだけではないとわかったのが、半年前のある夜だった。

残業をしていたら、いつのまにか残っているのが自分だけになっていた。笠井はそれを狙っていたかのように「好きだ」と涼一に迫ってきて、強引に抱きしめるとキスしようとしたのだ。渾身《こんしん》の力で振りほどいて逃げた涼一の背中に向かって、笠井はこう言った。

「僕と付き合っておいた方がいいと思う。だって僕は、社長の甥だよ？　よく考えてね」

あきらかなセクハラだったが、涼一はだれにもどこにも訴えられなかった。

各種ハラスメント行為に対する社会的な認識が高まる中、涼一の会社でも対策が講じられ、相談窓口が作られた。外部のカウンセラーを嘱託医と同等の扱いにし、社員が秘密裏に連絡することも承認されている。問題有りとされたらカウンセラーが会社に知らせる構図になっていた。

だが、涼一には口外する勇気がなかった。

もし笠井ではなく、自分が処分されたらどうしよう。なんらかの理由をつけられて左遷される、あるいは解雇されたらどうしよう。望まない海外転勤を命じられたらどうしよう――。

藤崎との生活を守るため、涼一には定収入が必要だ。いま辞めるわけにはいかない。経験を積むために、そろそろ地方の支社に転勤させられるかもしれないが、できれば日本国内であってほしいと思っている。いざというときに駆けつけられない海外へは、できれば行きたくなかった。

この夜の出来事を口外しなくとも、拒んだ涼一にプレッシャーをかけるため、笠井がなんらかの嫌がらせ行為をしかけてくるかもしれない。構えていたが、それから数日たってもなにも起こらなかった。

「大丈夫、僕は怒っていないよ」

なにもなかったのはさも自分の温情のように笠井が人気《ひとけ》のない廊下で囁《ささや》いてきたときは、眩暈《めまい》がした。「またね」と背中を撫でられて、吐き気すら覚えた。

こうなったら、涼一は自己防衛に励むしかない。残業はせず、できるだけ一人にならない。

神経を使った。それなのに笠井は隙を見逃すことなく、猫なで声で自分勝手なセリフを落としていく。涼一の忍耐力はすり減っていった。それでも、逃げ出すわけにはいかない。

すべては、藤崎との生活のため――。涼一にとって、それが一番大切なことだった。

◇

休憩時間に入ってすぐ、制服のポケットの中で携帯端末が震えた。電話がかかってきているようだ。いったいだれだろうと取り出して見てみたら『近藤朱音』と表示されていた。

「すみません、ちょっと」

清水にことわりを入れてから、警備員室を出る。目の前は若葉ビルの裏口で、清掃業者や社員食堂の調理師、俊介のような警備員など、本業以外のことを外部委託されている業者がおもに出入りするところだった。

「もしもし、近藤か？」

『いま休憩中だろうなと思って電話したんだけど』

「おお、当たり。警備員室で休んでいるところ。おまえさぁ、今朝は結城さんと並んで出勤してきたな。偶然だってわかっていても羨ましすぎる……」

思い出すと歯嚙《はが》みしたくなるほどの光景だった。

『でしょ。朝からあのキラキラご尊顔を拝めてラッキーだったわー』

電話の向こうで笑っている近藤朱音は、俊介の同級生だ。中学高校と六年間も一緒だった。ものすごく仲がよかったわけではないが、気楽にお喋《しゃべ》りするていどには友達だった。大学に進学してからは没交渉になっており、再会したのはほんの半年前、研修を終えた俊介が清水のチームに配属されて若葉ビルの警備をするようになってからだ。以来、友達付き合いが復活した。

『今朝ね、係長から面白い話を聞いちゃったのよ。俊介のことで』

「えっ？　俺のこと？　マジで？」

あの人に警備員として以上の人間と認識されていたのかと、にわかに心が躍りはじめる。

「な、なに？　あの人がなに言って――」

『いつのまにか名前を覚えられて毎朝呼ばれて、気持ち悪いって！』

「えっ…………」

絶句した俊介に近藤が爆笑しているのが聞こえてくる。いったいどこから電話をかけてきているのだろうか。そこは人気のないところなのかと、現実逃避のようないらぬ心配をしてしまった俊介だ。

「名前って、そんなの、おまえから聞いたに決まってんだけど……」

けっして極秘で調べたわけではない。近藤から聞き出しただけだ。

近藤と再会してしばらくは、くだんの麗しい会社員が同級生の上司だなんて知らなかった。二人の仕事の都合がついて飲み会を開いたときに、一目惚れした男性社員がいると、ぺろっと喋ってしまったのだ。

「えっ、あんたってゲイだったの？」

「……どうなんだろう。前は普通に女の子を好きになって付き合ったりしてたけど、いまはあの人ひと筋なんだよ。あの人のことで頭がいっぱいで……」

近藤は目を丸くしていた。だが引くことなく、むしろ面白がって「どんな男なの？」と聞いてきた。俊介は生来あけっぴろげな性格なので、麗しの会社員がどれほど麗しいのか語った。

「それって、うちの係長のことかも」

近藤は携帯端末を操作して、昨年の忘年会のときのものだという写真を見せてくれた。

「この人じゃない？」

ちいさな四角い画面の中、赤ら顔の近藤の横で苦笑しているのは、あの人だった。

「そ、そそそその、その写真くれ！」

「えー、どうしようかなー」

「その人、名前は？　なあ、教えろよ！」

楽しそうに笑いながら焦《じ》らす近藤に苛々《いらいら》しつつ、俊介は「今日は奢《おご》るから」と約束して結城の名前を教えてもらったのだ。だがたしかに、結城からしたらいつのまにか警備員が名前を知っていて、毎朝嬉々《きき》として挨拶されたら気持ち悪いのかもしれない――。単に名前を呼べることが嬉しくて、呼ばれる方の心境を考えていなかった。

がくりと肩を落とし、俊介はため息をつく。

「そうか……。わかった。今後は名前を呼ばないようにする……」

『だから言ったじゃないの。いきなり名前を呼んだら絶対に怪しまれるって。あんたがいきなり係長に名前付きで呼びかけたとき、あたし卒倒しそうになったんだから』

呆れをこめた声音で何週間か前のことを言われ、俊介はますます落ちこんだ。

しょぼんとしながら通話を切る。携帯端末を操作して、近藤にもらった結城の写真をしばし眺めた。

「結城さん……」

やっぱりすごくきれいだ。はじめて見かけたとき、天使かと思った。自分よりいくつか年上なのはあきらかだったけれど、真っ白で汚れがない感じがしてキラキラと輝いて見えたのだ。

「好きです！　大好きです！」

迸《ほとばし》る想いのあまり、その場で力一杯叫んでみた。だれもいない廊下に響き渡る虚《むな》しい告白。

おもむろにカチッと警備員室のドアが開いて、眉間に皺《しわ》を寄せた清水が顔を出した。

「おい、うるさいぞ。外に聞こえたらどうするんだ。ここの警備員はバカだと思われるだろうが」

「……すみません……」

やっぱり自分はバカかもしれない、と俊介はいまさらのことをしみじみと噛みしめたのだった。

◇

インフルエンザの流行期は過ぎたはずじゃなかったのか。

涼一は心の中だけでため息をつく。

ただでさえ年度末は多忙なのに、十人いる部下のうち三人も一度に病欠したのだ。うち二人は高熱を発しているという。もしかしたらインフルエンザかもしれないので、病名がはっきりわかるまでは出勤しないようにと言わざるを得なかった。

営業二課は法人を対象とした保険を取り扱っているのだが、年度末はどこも決算だ。なんとか部下たちに病欠している社員の仕事を割り振り、自分も昼休憩返上で事務処理に没頭したが、残業ナシではどうにもならなくなってくる。それでも二時間ていどの残業ならまだマシだ。それがいよいよ年度末が近づいてくると、三時間、四時間と残業が増えていく。

一人、二人と部下を先に帰らせ、結局、最後まで残るのは涼一になってしまう。

おなじフロア内の営業一課をちらりと見遣ると、忙しそうに仕事をしている社員が二、三人いた。その向こうのドアが営業部長室だが、今日はまだ一度も笠井の姿を見ていない。出張だろうか。それならそれで安心して残業できるからいい。

それからしばらく、涼一は集中して仕事を片づけた。やってもやっても終わらない。疲労を感じて、もう帰ろうと顔を上げたとき、フロアに残っているのが自分だけであることに気づいた。

いつのまにか一人になっている。時計を見ると午後十一時近かった。こんなに遅くまで残っていたことは数えるほどしかない。どうりで疲れるはずだと、涼一は帰りじたくをはじめた。まだやることは山ほどあるが、明日にした方がいいだろう。

「結城君、遅くまでご苦労さまだね」

不意に声をかけられて、ギクッと肩を揺らす。音も立てずにドアを開けて、笠井が入ってくるところだった。目が合うと満面の笑みを向けてくる。背筋がぞっとした。

「……部長も、遅くまで残られていたんですね」

「いや、今日はずっと外にいた。顧客との会食やらなんやらで面倒臭いことをやらされてね。それで部長室に忘れ物をしたことを思い出して、ついさっき戻ってきたんだよ。まさか君がこんな時間まで残業していたとは思わなかったな。どうしたの？」

「病欠が相次いで人手が足らなくなってしまい、仕事が滞っていたものですから」

「ああ、そう。それは大変だったね。もう大丈夫なのかい？」

「いえ、まだです。でももう、今日は帰ります」

笠井はニヤニヤと笑みを浮かべたまま涼一から一瞬たりとも視線を逸《そ》らさない。涼一は椅子に腰かけてデスクの上を片づけながら、パソコンの電源を落とす。

「それでは、部長、私はこれで……」

「一杯飲んでいかないか？」

「いえ、もうずいぶん遅くなってしまったので、ご遠慮します。明日も仕事ですし」

「一杯だけだよ。そんなに時間は取らせないから」

立ち上がった涼一の腕を、笠井ががしっと摑《つか》んだ。かなり強い力で摑まれ、痛みを感じる。

「離してください」

「君ってホントにつれないね。そんなに僕の気を引きたいのかい？」

「部長、お願いですから、離してください。私はもう帰ります。待っている人がいるので」

「ああ、聞いているよ。病気のお父さんが君の帰りを待っているんだって？　大変だね、いろいろと。転勤したくないって、課長に頼んでいるらしいね」

いつか笠井の耳にも届くと覚悟していたが、やはりすでに課長から聞いていたようだ。笠井はまるで涼一の弱みを握ったとでも言いたげな、得意そうな表情になっている。

「病気のお父さんを一人で支えるなんて、美談だ。さすが結城君だなと感心したよ。生活のためにも仕事は続けたいよね」

やはりそうきたかと、涼一は思わず目を閉じた。ぐっと唇を嚙む。

笠井の口から決定的なセリフが吐かれる前に、一杯くらい付き合ってもいいかと思う。だが一度そうして二人きりの飲みに付き合ったら、ずるずると二度三度と誘われるに決まっていた。笠井の要求がエスカレートしていった結果、どうなるか——考えるのも恐ろしい。

「この会社で仕事を続けていきたかったら、僕の言うことを聞いておいた方がいいんじゃないかな。ねえ、君はどう思う？」

言われてしまった。目の前が暗くなって足元がふらつく。

「おっと、大丈夫？」

笠井に抱きかかえるようにされて、全身にざっと鳥肌が立った。この男はもう生理的にダメだ。体が受け付けない。藤崎のために我慢して笠井の要求を飲むなんてこと、自分には無理だろう。

どうしよう、どうしよう——と動揺しながらぐるぐると考えているときだった。

「あの、もう十一時を過ぎていますけど、まだ帰られませんか？」

いきなり開いたままだったドアから声をかけられて、ハッと振り返る。廊下から警備員が覗《のぞ》きこんでいた。帽子を被っていて目元がわかりにくいが、すこし屈《かが》まなければドアをくぐれなさそうな長身とシャープな顔の輪郭には見覚えがある。毎朝、ビルの正面玄関の横に立っている若い警備員だと気づいた。

笠井が手を解き、そっと涼一から離れた。人目を気にする笠井らしい反応だが、まだ安堵《あんど》はできない。このまま警備員が立ち去ってしまえば、脅しじみた発言を再開するだろう。

涼一は警備員に、つい救いを求める目を向けてしまった。室内の不穏な空気を察してほしい。涼一が困っていることを見抜いてほしい。一介の警備員にそんなことを望むのは間違っているだろうが、いま涼一を救えるのはこの男だけだった。

警備員は帽子の鍔《つば》を指先で摘《つま》み、目元を露《あら》わにする。視線が合ったのは、ほんの一秒か二秒だったと思う。警備員は頭をぶつけないように屈んでドアをくぐり、部屋の中に入ってきた。

「結城さん、顔色が悪いですね。体調でも崩されましたか？」

警備員が涼一の名前を呼んだ。たぶんわざとだろう。知り合いだと思わせるためなら、警備員の機転を称賛したい。案の定、笠井がうろたえて後退《あとずさ》りしはじめた。

「それで、そちらの方が介抱をしてくださっていたんですか？」

丁寧な言葉とはうらはらに警備員の目は鋭く笠井を睨《にら》みつけている。まるで心の底から怒っているように見えた。この男はいつから廊下にいたのだろうか。もしかしてすこし前から二人の会話を聞いていたのかもしれない。

笠井もその可能性に思い至ったのか、バツが悪そうに顔を伏せ、歩み寄ってくる警備員から遠ざかるようにデスクの島をぐるりと回った。警備員の長身は、その制服効果とあいまって、近づかれるとかなりの威圧感がある。やましい気持ちがあれば逃げたくもなるだろう。

「いや、僕は、その……」

警備員が無言で、腰に下げた警棒に手をやった。笠井がちいさく息を飲む。

「じゃ、じゃあ、僕は先に帰るよ」

笠井はバタバタと慌てて部屋を出ていった。足音が廊下を遠ざかっていき、すぐにエレベーターに乗ったと思われる電子音が静まり返ったフロアにちいさく響いた。

助かった。涼一はやっと緊張感を解き、自分の椅子にもう一度座りこんだ。デスクに肘をついて、がくりと項垂《うなだ》れる。ずっと気をつけていたのに、仕事に集中するあまり注意を怠ってしまった。完全に自分のミスだ。

「大丈夫ですか？」

気遣わしげな声に、のろのろと顔を上げる。警備員がすぐそばまで来ていて、涼一を心配そうに見下ろしていた。

「大丈夫だ。………ありがとう」

ここは礼を言っておくところだろう。この警備員が涼一の名前を知っていて、効果的に笠井を引かせることができたのはよかった。今夜偶然にも深夜勤務だったことを感謝すべきだろう。

「あの、さっきの会話、じつは録音していたので、必要ならなにかにダビングして渡しますけど」

「………えっ？」

脱力していた涼一は、言葉の意味を理解するのにしばらくかかった。

録音？　笠井と涼一の会話を？

唖然《あぜん》とした涼一の目の前に、警備員が携帯端末をすっと差し出した。

『病気のお父さんを一人で支えるなんて、美談だ。さすが結城君だなと感心したよ。生活のためにも仕事は続けたいよね』

『この会社で仕事を続けていきたかったら、僕の言うことを聞いておいた方がいいんじゃないかな。ねえ、君はどう思う？』

記憶に新しい会話が薄っぺらい機械から発せられた。怒りを覚えて、ぐっと拳を握りしめる。どなり散らして暴れ回りたい衝動を、なんとか堪《こら》えた。

「我ながらクリアに録音できていますね。じゅうぶん、証拠になり得ますよ」

「証拠？」

「どこかに訴える予定がありますか。自分、この音声をすぐにでも提出できますし、いつでも証言できます」

なぜおまえが鼻息荒くなっているんだ、と涼一は胡乱な目を向けた。下手な正義感なんて、邪魔なだけ。いまの涼一にはいらない。

「どこにも訴えないから、君に協力を仰ぐことはないと思う」

「えっ？」

警備員は目を丸くして、まじまじと涼一を見つめてくる。まっすぐすぎる目から、顔を背けた。

「こんなにはっきりと脅されていて、どこにも訴えないんですか？　これ、セクハラですよね。迫られていたんですよね？　あ、男だからですか？　いまどき男が男に迫られたからって泣き寝入りする必要はないですよ。なにも恥ずかしいことなんてありません。若葉損保は企業としてのコンプライアンスが――」

「君には関係ないことだ」

涼一は立ち上がりざまに言い放ち、警備員のうるさい正論を正面から切り捨てた。警備員は目をぱちぱちと瞬かせて困惑しているようだ。

「た、たしかに、俺には関係ないことかもしれませんけど、見て関わってしまった以上、なにもなかったこととして見過ごすことはできません。きちんと解決しておかないと、また似たようなことが起きる可能性があると思います」

これで終わったなんて楽観的なことは考えていない。笠井のことだ、これまで以上に慎重になって人目を避けるようになるだけだろう。

「いままでも、あったんでしょう？　さっきの会話の内容からすると、あの男から過去に何度も誘われていたんですよね。それを断り続けていた。そうしたら、脅してきた」

「ああそうだ、そうだよ」

なかば自棄《やけ》になって涼一は肯定した。もう帰りたい。疲れた。どうして自分がこんな目にあわなければならない。しかも清涼剤的存在だと思っていた警備員に見られて、助けられた。情けない。

苛々が溜《た》まって、警備員はなにも悪くないのに睨みつけてしまう。

「さっきの男は営業部長だ。しかも社長の甥。セクハラを訴えたからって問題が解決するとは思えない。むしろこっちが左遷か解雇される恐れがある。だからずっと、一人にならないように気をつけていた。今日はたまたまだ。うっかりしていて捕まった。これからは絶対に一人にならないように気を遣うから大丈夫だ」

そう、大丈夫だ、二度と隙を作らない。涼一は心に誓ってひとつ息をつくと、ハンガーにかけてあったコートを取り、カバンと一緒に抱えこんだ。

「それじゃあ、ご苦労さま」

逃げるように部屋から出る。小走りで廊下を進み、エレベーターの前にたどり着いた。夜になるとエレベーターは一機しか稼働しておらず、さっき笠井が一階へ下りるために使ったままなので呼ばなければ上がってこない。そうしているうちに警備員が追ってきた。

「待ってください。一緒に行きます」

「もう放っておいてくれ。助けてもらったのは感謝している」

「さっきの人、もう帰宅したかどうかわかりませんよ。どこかに潜んでこちらの様子を窺《うかが》っているかもしれないじゃないですか」

怖いことを言われて涼一はギョッとし、思わずあたりを見渡したが、無機質な廊下が伸び、ドアが並んでいるだけで人影は見当たらない。到着したエレベーターに急いで乗りこみ、涼一は一階のボタンを押した。当然のように警備員も乗ってきて、二人で一階まで下りていくことになる。

「本当にどこにも訴えないつもりですか。社内の相談窓口とか、あるでしょう？」

「しつこいな。さっき理由を言っただろう」

「たしかに仕事を失うのは困りますけど、だからといってあんな男を放置しておくのは危険すぎます。またいつ迫ってくるかわかりませんよ」

「だから、二度とないように気をつけると言っているだろう」

警備の仕事はどうしたと言ってやりたかったが、すぐそばに守ってくれる人がいると心強いことを知った。若葉ビルが警備を委託しているのは、たしかスガノ警備だ。どこの警備会社も腕に覚えがある人間を採用しているだろうが、スガノ警備はその点を徹底させていると聞く。たぶんこの男も武道の段位持ちだろう。涼一はそちら方面には縁がないので、そういう人に出会うとそれだけで感心してしまう。

「君は、ビル内を巡回中だったんじゃないのか」

「そうですけど、大丈夫です」

「なにが大丈夫なんだ。職場放棄になるんじゃ……」

「俺を心配してくれるんですか」

ニコッと嬉しそうに微笑まれて、涼一は眩しさに目を細める。

「……君は、ずいぶんと都合のいい思考回路の持ち主のようだな」

「カンノです」

「は？」

「俺の名前、菅野《かんの》俊介っていいます。俊介って呼んでください」

だれが呼ぶか。

エレベーターが一階に着いた。扉が開いたが、涼一はすぐには外に出ない。頭だけ出して、エントランスを見渡した。照明が半分以上落とされて薄暗くなっている。人気はない。動くものは視界にうつらなかった。笠井はどこにもいないようだ。いや、もしかしてどこかに潜んでいるかもしれない。

涼一が出てくるのを待っているかも――。

「結城さん」

唐突に名前を呼ばれて、緊張していた涼一はヒッと息を飲んだ。

「俺、送っていきましょうか」

「えっ？」

見上げた顔は優しく微笑んでいた。

「ちょっとこっちに来てください」

「えっ、えっ？」

腕を摑まれて、強引に正面玄関とは反対方向へと引っ張られた。抱えたカバンとコートを落としそうになり、焦って持ち直しているうちに裏口近くの警備員室まで連れていかれた。ここにこうした部屋があるのは知っていても、入ったことなどない。

十畳ほどの部屋の壁にはモニターがびっしりと埋められている。ビル内に取りつけられた監視カメラの映像だろう。その前に菅野とおなじ制服を着た男が三人いた。もしかしてさっきの場面をこの人たちに見られていたのかと思い、営業二課をうつすモニターを探したが、ざっと見ただけではどれがどれだかわからない。

「清水さん、相談があります」

中にいた三人のうち一番年配の警備員に、菅野がいきなり話しかけた。清水と呼ばれた彼は、涼一を見て目を丸くしている。当然だ。

「俺、この人を送っていくので、現場から離れます」

「なにかあったのか？」

「じつは——」

「なにもありません！」

　菅野が話してしまいそうだったので、涼一は慌てて口を挟んだ。この清水という男が、営業二課でなにがあったか知らないということは、さっきの場面を見ていないということだ。厳格そうな顔つきの清水は、まがったことが嫌いな性格に見える。笠井にセクハラされたなんて知られたら、どこかへ報告してしまいそうだ。

「なにもないんです。ただ、その、俺が……体調が悪くて、すこしふらついたものですから、彼が心配してくれて」

「結城さん、この人は俺の上司で信頼できる人だ。話しても大丈夫だから」

「君は勤務中なんだろう。俺は一人で帰れるから、仕事を続けなさい。心配してくれてありがとう。それじゃあ……」

　そそくさと警備員室を出ようとしたが、やはり腕を摑まれて引き止められる。

「わかりました。清水さんには話しません。そのかわり、俺が送っていくのを受け入れてください」

　間近で真剣な顔が訴えてきた。どうしてそこまでして涼一を送っていきたいのか——笠井のことを気にしてのことだとしても、行き過ぎだと思う。ボディガードの仕事を頼んだわけではないのだから。

けれど有無を言わさない力が、その黒い瞳にはあった。

菅野の大きな手で摑まれた腕が痛い。笠井に摑まれたときは嫌悪感で鳥肌が立ったのに、いまはそれほど嫌な感じはしなかった。菅野が身を案じて引き止めているからだろうか。

ここで頷《うなず》かなければ手を離さないぞと無言の圧力をかけられて、涼一は不承不承ながら了承した。

「……わかった……」

ちいさく頷いた涼一に、菅野がホッとしたように口元を緩める。

「でもその格好はやめてくれ」

「わかっています。清水さん、俺のコートを取ってきてもらえますか」

「はいはい」

菅野は上司に言いつけ、自分は動かない。涼一の手を離そうとはしなかった。

「離しても逃げようとはしないぞ」

「そうですか？」

信用しきれないことを隠そうともしない菅野に、いささかムッとする。清水が持ってきた紺色のコートに腕を通すときだけ、菅野は手を離してくれた。コートは警備員の冬用の制服らしいが、二の腕と背中に反射テープが貼られている以外はスガノ警備のロゴもなく、明るいところで見れば普通のコートに見えなくもない。警備員の帽子を取り、制服の上からコートを着てしまうと、サラリーマンに紛れることはできそうだ。

「じゃあ、行きましょう」

「ちょっと待て、本当に仕事中なんじゃないのか。警備の仕事は？」

「もうすぐ俺の替わりが来るからいいんです」

そんな都合よく交替要員が来るはずない――と言いかけたとき「遅くなりました」と複数の足音が警備員室に入ってきた。菅野よりいくつか年上と思われる二人の男が制服を着て立っている。怪訝《けげん》そうに涼一を見てきた。

「引き継ぎは清水さんに頼みます。結城さん、行きましょう」

あまり広くない警備員室に男ばかり何人もいたら窮屈だ。菅野に腕を引かれるまま、廊下に出た。裏口からビルの外に出る。菅野は暗い夜道をきょろきょろと見渡し、「不審な人影は見当たりません」と頼もしい口調で言ってくれた。無意識のうちにやはり緊張していたようで、ホッと全身の力を抜く。だがすぐに我に返って、菅野の手を振りほどいた。

「さっきは笠井部長のことを口外しないでくれてありがとう。その点は感謝する。だが送ってくれなくてもいい。大袈裟《おおげさ》だ」

「清水さんに話さないかわりに送っていくのを了承したじゃないですか」

「気が変わった」

涼一は澄ました顔を作りつつ、コートを羽織る。時間を確認すると、もうすぐ終電だ。まずい。

「それじゃあ」

「待ってください。送っていくって言っているでしょうっ」

「いらないと言っているんだ。か弱い女性じゃあるまいし、頼んでもいないのにボディガード気どりか？」

「そのか弱い女性じゃないのに抵抗らしい抵抗ができなかったのは結城さんでしょう。いくら相手が社長の甥で上司だからって――」

「まえから聞きたかったんだが、いいか？」

「はい？」

「どうして俺の名前を知っているんだ」

「う……」

菅野は言葉に詰まったように黙りこんだ。視線が泳いでいる。

「君とは朝の挨拶をするていどの顔見知りで、名前を教えるような関係ではなかったはずだ。どこでどうやって知った？　まさか不正に我が社のデータベースにアクセスしたとか――」

「そんなことはしていません！　誓って、犯罪めいたことはしていませんから！」

「じゃあどうやって知ったんだ」

「その……、小耳に挟みました……」

「そんなわけあるか！」

ついカッとなって大声を出してしまった。さいわいにも深夜のオフィス街にはほとんど人がいない。ときおり、道路をタクシーが通り過ぎていくだけだ。

「いや、ホントに、だれかが結城さんを呼ぶのを聞いて、覚えていただけです。その、はじめて結城さんを見かけたときから気になっていたので……」

俯《うつむ》いて頬を赤らめ、もじもじとしている態度は、ぜんぜん可愛くない。図体のデカイ成人男性が可愛く見えたらおしまいのような気もするが――。やっぱり菅野は自分に気があるのかもしれない、と涼一は憂いをこめたため息をつく。面倒臭いとしか思えなかった。

「と、とにかく、俺が自宅まで送ります。心配ですから。部長さんがどこで待ち伏せしているかわからないじゃないですか。ほら、そういうところに潜んでいるかもしれないんですよ」

菅野が植え込みの陰を指差した。本当に笠井の姿を見つけたのかと、反射的に涼一は身を固くする。しかし暗がりによく目を凝らしてみても、動くものはまったくなかった。

「あのですね、結城さんは自覚ないかもしれませんが、隙だらけです」

ズバッと言われて、涼一はうっと喉で呻いた。

「さあ、帰りましょうか」

強引な菅野を睨みつけることしかできずに黙った涼一を、ニコッと笑って駅へと促す菅野。

「ほら、そろそろ終電なんじゃないですか？」

またもや腕を掴まれて、涼一は仕方なく歩きだした。

終電は混んでいた。俊介的にはとってもありがたいシチュエーションだが、結城は不満そうだった。

「近い」

「すみません。でも混んでいるので、仕方がないです」

結城が俊介との距離に文句を言ってきたが、本当に混雑しているのだから離れようがない。それをいいことに、俊介は結城の頭に顔を寄せていた。

(ああ、なんてきれいなんだろう)

いつもビルの正面玄関を通り過ぎていく結城しか見ていなかったから、こんな間近で顔をじっくりと見つめるのははじめてだ。近藤からの情報だと、結城はもうすぐ三十歳になるらしい。こんなにアップで凝視しても、三十路《みそじ》には見えない肌の色つやだ。まつげも長い。女子が羨むほどなんじゃないかと感心してしまう。

(しかし、こんなにきれいな人を困らせるなんて、とんだクソ上司がいたもんだ)

ほんの一時間前に目撃してしまった衝撃場面を思い出すと、腸《はらわた》が煮えくりかえりそうになる。

◇

ここのところ、俊介は深夜勤務になることがすくない。望んで早朝勤務にシフトを組んでもらっているからだ。今夜はたまたま深夜勤務の同僚が諸事情で遅刻することがわかっていたので、到着するまで俊介と清水が警備についていたのだ。

まさか結城が残業しているとは思わなかった。近藤から、結城は父親が病気療養中で自宅にいるので、極力残業はせず、定時で帰ることがほとんどだと聞いていたから。

廊下を歩いていて声が聞こえたときは胸が躍ったが、だれかと話している内容に愕然《がくぜん》とした。そして慌てて携帯端末に録音したのだ。

セクハラ男が逃げていったあと、結城はどこにも訴えない理由をいくつか挙げていた。

仕事を失《な》くしたくない、父親との生活を守りたい、すべて当然の理由だ。だが俊介は納得できないでいる。愛《いと》しい人に迷惑をかける男が許せない。できれば制裁を加えてやりたい。

だから録音した音声は消さないと決めた。結城が消去を望んでも。

そして自分なりに結城を守ってあげるのだ。たとえ結城が嫌がっても。

（だって心配じゃないか。あのセクハラ部長、絶対にまた結城さんを狙いに来る。簡単にアキラめるようなヤツじゃなさそうだった）

結城の整った顔を間近で見て、こっそりとため息をつく。さっき、はっきりと結城に言ってしまったが、本当に隙があるのだ。

（こんなにきれいなのに自分で自分の身が守れないって、襲ってくださいって言ってるようなもんだろ。そんなこと本人に言ったら怒るだろうけど）

たぶん、結城はすごくモテる。近藤もそんなようなことを言っていた。

『でも、浮いた話はいっさいないのよ。お父さんの件があるからだけじゃなくって、たぶん、根が真面目で軽い感じで女の子と付き合うってことができないんじゃないかな。それとも、女に興味がないか』

俊介が結城に執心なのを知っていて、含みのある言い方をした。意地悪な近藤である。

「次で降りる」

結城の後ろにくっついて俊介も次の駅で降りた。ほかにもたくさんの乗客が降りたので、俊介は不審人物はいないかとザッと視線をめぐらせる。笠井とかいうセクハラ部長の姿は見当たらなかった。ストーキングはしていないらしい。けれど油断はできない。会社の上司なら結城の自宅住所などとうに知っていて、先回りしている可能性がある。

「自宅はこの駅から歩いて十分くらいのところにあるマンションだ。街灯があるから、暗い道はない。もう帰ってくれてもいいぞ。あ、でも……電車がもうないか。どうするんだ？」

俊介の帰りまで気にしてくれるなんて、やはり結城は優しい。

「帰りは大丈夫です。清水さんに連絡を取れば車で来てくれると思うので」

「上司に迎えに来てもらうのか。おまえ、いくつだ。まだ新人だろう？」

「新卒で入社して一年になります」

「やっぱり新卒か。まだ二十三か？」

「いえ、二十四です。学生時代に一年間留学していたので」

「二十三も二十四も変わらないって。それでその態度か……神経が図太いな」

結城が呆れた顔を向けてくる。たとえ感心した目でなくとも、結城に凝視されているというだけで、ぞくぞくと歓喜が湧いてきた。もっと見て！　とお願いしたくなる。

「マンションまで送ります」

「ここまででいい」

「いえ、送ります。送らせてください」

結城はため息をついてしばし黙った。逡巡《しゅんじゅん》しているようだ。

「……マンションの外観だけを見たら、帰ってくれるか？」

結城の妥協案にぱあっと顔を明るくした俊介だが、すぐに心配が芽生える。たいして親しくもない俊介をこんなにあっさりと信用するなんて、結城はよくいままで何事もなく生きてこられたものだ。

「こっちだ」

結城のあとについて夜道を歩くこと十分。一般的なグレードと思われるマンションの前で、結城が立ち止まった。十五、六階まであるだろうか。全部で百戸以上はありそうな、大きなマンションだった。

「ここの五階」

「建物の中に入らせてもらってもいいですか」

「エントランスまでだぞ」

さすがに結城宅の玄関前までとは言えない。本当はそこまで行きたかったが。

結城に続いてエントランスへ行くと、外側の壁に操作盤があった。一応オートロックらしい。だが俊介が警備員としての目で見ると、監視カメラの数が少なくて死角がある。管理人も警備員も常駐していないようだ。安全とは言えない。

「菅野君、送ってくれてありがとう」

結城が礼を言ってきた。自宅マンションまで帰りついて、すこしホッとしているように見える。やはり送ってきてよかった。

「明日からはいま以上に気を引き締めていくから、今夜のようなことは二度とないと誓えるよ」

「いや、あなたが誓ってもあのセクハラ野郎が……」

「じつは、以前、帰り道で待ち伏せされたことがあって」

「えっ？」

「ああ、そのときは大丈夫、振り切って逃げたから。会社のすぐ近くだったし、電車に飛び乗って撒《ま》いたんで。ちょっとそのときのことを思い出しそうになった」

結城は苦笑しながら軽い口調で言ったが、思い出しそうになって怖かったという意味だろう。

なんてこった。やっぱり帰り道は危ないじゃないか！　と、俊介は口には出さなかったが心の中で盛大に主張していた。

「それじゃあ、おやすみ。気をつけて帰ってくれ」

結城は背中を向けるとエレベーターへと歩いていった。そのあっさりした後ろ姿がまたそそる…と言ったら、怒るだろうか。怒るだろうな。

俊介は結城がエレベーターに乗って見えなくなるまでその場に立っていた。

扉がゆっくりと閉まり、完全に結城が見えなくなってから、俊介は踵《きびす》を返した。マンションのエントランスから離れる。清水に迎えを頼むつもりはない。適当にタクシーを拾う。自宅までタクシーで帰ろうと思っているなんて結城に言ったら「社会人一年のくせに無駄使いするな」と不興を買いそうだったので、とっさに清水の名前を出しただけだ。

タクシーが多そうな駅前へと戻りながら、俊介は携帯端末を操作して電話をかけた。

「あ、もしもし、近藤？」

『こんな時間になに？』

「今日、こんなことがあったんだけど」

俊介はかいつまんで今夜のことを近藤に話した。結城に口外するなと言われたが、まったくだれにも喋らないつもりはなく、俊介は最初から近藤に伝える気が満々だった。会社内のことは近藤から情報を得るしかないので、事情を話しておくことは大切だ。今後、笠井の動向に目を光らせておいてもらわなければならない。

怒るだろうなと予想していた通り、近藤は電話の向こうで激怒した。

『はあ？　なにやってくれてんの、あのクソ部長！　あたしたちの結城係長に、あのキモデブおやじが迫ったなんて、信じられない。絶対に想像したくない。許せない！』

「だろ、腹が立つだろ」

『腹が立つっていうレベルの怒りじゃないよ、これは！　あのキモデブ、殺してやりたい』

「殺人は勘弁しろよ。俺、おまえが服役しても面会に行かないからな」

『来なくていいよ』

くだらない会話をしながら歩く。何台か空車のタクシーを見かけたが、俊介は電話を優先した。

『ここ数カ月、係長の元気がないように見えていたんだよね。てっきりお父さんの体調が悪いのかと思って、みんなでそう話していたの。お父さんのために残業しない係長を助けようと、あたしたちもテキパキと仕事をして残業はしないようにって決めてて……』

近藤がため息をついた。

『まさかキモデブ部長が係長にセクハラかましていたなんて知らなかった』

「そのキモデブ部長が社長の甥だってのは、本当なのか？」

『ムカつくことに本当なのよ。無能ってほどじゃないけど、有能でもない感じ。あてにならないけど、働ける社員なら、ほかに何人もいるわよ。それなのに社長の甥ってだけで四十そこそこで若葉損保の部長職よ。どんだけあたしたちをバカにしてるの！』

近藤の様子では、どうやらキモデブ部長はずいぶんと嫌われているようだ。セクハラをしている相手が結城だけだったとしても、そうした性質は言動に滲《にじ》み出る。女性社員たちが敏感に察知して嫌悪していたとしても不思議ではない。

『あーもう、どうしてくれよう、この怒りを！』

「おい、下手なことはするなよ。結城さんに口止めされたんだ。おまえにだけ喋ったんだからな」

『わかってるわよ。だから余計に腹が立つんじゃない。報復してやりたいけどできないってところが、もやもやするーっ』

近藤が電話の向こうでジタバタしている光景が容易に想像できた。

「とにかく、会社内での結城さんのことはおまえに頼む。俺は就業中のオフィスの中までは入っていけないから、近藤だけが頼りだ」

『そうね、できるだけ目を光らせておくわ』

頼んだぞ、と念押ししてから通話を切る。

「よし、明日から俺も頑張《がんば》ろう」

とりあえず、帰りは送っていくと決めた。結城がなんと言おうと、送っていく。笠井に待ち伏せの前科があるとわかったのだ。結城を夜道で一人にさせられない。俊介は自分自身が、結城とお近づきになるために待ち伏せしたらどうだろうと思いついたことなど、すっかり忘れていた。

◇

翌日、涼一はいつにも増して寝起きが悪く、藤崎にかなり心配されてしまった。

「本当に大丈夫なのかい？　休んだらどうだ？」

「大丈夫です。ちょっと寝不足なだけで……。この年度末に休めませんよ」

藤崎も公務員だったので年度末の忙しさはわかるのだろう。それ以上はなにも言わなかった。

昨夜眠れなかったのは笠井のことが頭の中でぐるぐると回っていたからだ。自覚していた以上に、精神的なダメージを受けていたらしい。一度目のときよりも昨夜の方が嫌な記憶になっているのは、たぶん前回の傷が治りきる前に新たな傷を受けたからかもしれない。精神科の医師でもないので専門的な知識はないが。

藤崎に見送られて、涼一はマンションを出る。いつものように電車に乗り、いつものように若葉ビルまで歩いた。

「おはようございます」

横から声をかけられた。近藤朱音が春らしい若草色のコートを翻して駆け寄ってくる。

「ああ、おはよう」

「係長、朝ご飯はちゃんと食べてきましたか？」

「食べたよ。どうして？」

「いえ、毎日大変だから疲れが溜まってきちゃったかなと心配で」

「そうだな、たしかに大変だ。それもあと数日だと思うから、頼むよ」

「任せてください」

近藤はいつも元気だ。女性には惹かれないが、若くて元気な女の人の近くにいると、こちらも元気のおすそ分けをしてもらえているような気になってくる。

近藤と肩を並べて本社ビルまで歩いていくと、正面玄関の両脇に見慣れた制服の警備員が立っていた。菅野に会ったらこっそり昨夜の礼を言うつもりだった涼一だが、違和を感じて思わず足を止めそうになる。

菅野がいない。昨夜、警備員室で会った清水という年配の男だけが左側に立っている。

どうしたのだろうか。毎朝、かならず立っていて、結城に挨拶をしてきていたのに。

もしかして、業務を逸脱した昨夜の行為（涼一を自宅まで送っていく）が会社にバレて、なんらかの処分を受けることになったとか。

エントランスを抜けてエレベーターホールまで歩いたが、菅野がどうしても気になって、涼一は回れ右をしてしまった。

「係長？　どこへ行くんですか？」

背後で近藤が驚いたように声を上げたが、かまわずに正面玄関まで戻る。清水に駆け寄った。

「すみません、お仕事中に」

「はい？」

清水が振り向いて、かすかに目を見張った。

「なんでしょうか？」

「あの、菅野君はどうしたんですか。姿が見えないようですが」

「……ああ、菅野ですか」

清水は厳《いか》めしい顔をふっと緩めて、「今日は休みです」とあっさり答えてくれた。

「昨日、早朝番と遅番に入ってもらったんですが、これは本来の一日の業務時間を超過しています。ほかの社員の都合でやむなくそうなったんですけどね。それで今日は超過分をプラマイゼロにするために休みになりました」

「ああ、そういうことですか……」

なんだ、単なる勤務時間の調整かと、ホッとする。

「でも、あなたは休みじゃないんですね」

「私は明日、休むことになっています」

厳格そのものの容貌をした清水だが、声音は穏やかだ。おそらく厳しいだけの人ではないのだろう。枠におさまりきらない感じの菅野が信頼を寄せているのだから、当然かもしれない。

「昨夜のことですけど……菅野君から事情は聞きましたか？」

「いえ、聞いていません」

黙っていてくれという涼一の願いを、彼は聞き届けてくれたようだ。

「あの、勤務中のことなので、たぶん報告義務があるとは思うんですが、自分が菅野君に口止めをしたので、責めないでやってくれませんか」

「わかっていますよ。大丈夫です」

鷹揚《おうよう》に頷いてくれた清水に、涼一は胸がきゅんとしてしまった。なんて度量が大きい人なんだろう。

「ありがとうございます」

涼一は丁寧に頭を下げて、清水から離れた。数メートル距離を置いたところで近藤が待っていてくれた。清水と涼一を交互に見ている。

「警備の人と、なにを話していたんですか？」

「いや、ちょっと……」

「ちょっと、なんです？」

「……昨夜、残業していたときに会ったから、そのときのことを」

涼一は言葉を濁してエレベーターへと早足で向かった。近藤は気になるようで、涼一のあとについてきながら、ちらちらと清水を振り返っている。あえて気づかないふりをして、それからはいつも通りに振る舞った。

その日は笠井の姿を見ることはなかった。昨夜、第三者に目撃されたうえ音声を録音されたことで、涼一を刺激しないようにしているのかもしれない。おかげで涼一は仕事がスムーズに片づき、三時間ていどの残業で切り上げることができた。数人の社員たちと一緒に会社を出て、地下鉄の駅まで行く。その中に近藤も入っていた。独身なのでつい残業を頼んでしまうが、近藤は嫌な顔をしたことがなかった。

「係長、昨日は終電になっちゃったって聞きましたよ。どうして言ってくれなかったんですか。あたし、昨日は八時に帰っちゃいました」

「いや、遅くなってしまったのは俺の段取りが悪かったってことだから、いいんだ」

「よくないです。係長は悪くないです。悪いのは課長であり、もっと最悪なのは部長です」

近藤が何気なく発した「最悪なのは部長」という言葉に、涼一はぎくっと反応してしまった。

「どうかしましたか？」

「いや、なんでもない……」

強張《こわば》りそうな顔で無理やり笑顔を作る。

「じゃあまた明日」

近藤とは駅で別れ、ほかの社員たちとも乗り換えの駅で別れる。自宅最寄りの駅に降りたときは、一人になっていた。ここから徒歩で十分。何気なく通っていた道だが、足が竦《すく》みそうになるのはどうしてだろう。笠井に待ち伏せされたのは一回だけで、それほど怖い思いをしたわけでもない。

昨日はなんともなかったのに――。

いや、昨日はあの男が一緒だった。危ないからと、強引に送ってくれたのだ。だから普通に歩いて帰ることができた。駅前のロータリーで立ち止まり、自分が毎日通っている方向を見遣る。街灯は等間隔に立っているし、自動販売機の明かりは眩しいほどだ。それなのに、いつもより暗く感じてしまうのは、涼一の勝手な印象だろう。

ふと、タクシー乗り場に視線が行く。何台か客待ちをして並んでいた。徒歩十分の道のりをタクシーで移動するなんて馬鹿《ばか》げている。距離にすると一キロもない。タクシーの運転手だって嫌がるほどの近距離だ。でも――。

「結城さん、お帰りなさい」

唐突に声をかけられて、涼一は驚きながら振り返った。そこに立っていたのは白っぽいショート丈のコートを着て、デニムとスニーカーという格好の若者だった。

「か、菅野君？」

ニッと笑った顔は、菅野だ。警備員の制服しか見たことがなかったので、だれだかわからなかった。

「こんなところでなにをしているんだ」

「なにって、結城さんを待っていたんですよ。家まで送ろうと思って」

「えっ………」

しばし絶句してしまう。いつから待っていたのかとか、ここからたった徒歩十分の距離を送るためだけに来たのかとか、今日は休みだったんじゃないのかとか、どうしてここまでするんだとか、疑問がどっと湧いた。どれから聞けばいいのかわからない。頭の中で整理できない。

ただひとつわかっているのは――菅野の顔を見て、自分が安堵したことだ。

嫌な緊張感で強張っていた肩から、すっと力が抜けた。認めたくないが、夜道を一人で歩かなくてすむとわかり、ホッとしたのだ。

「今日は三時間くらいの残業ですんだんですね。よかったです」

「……いつからここにいたんだ」

「そんなに待っていませんよ」

「そんなはずないだろう。正直に、具体的に待っていた時間を言え」

「……ほんの二時間くらいです」

啞然として菅野の顔を眺めてしまった。

「そこまでする意味はなんだ」

「結城さんを魔の手から守るためです」

「魔の手って……」

笠井のことだろうが、まるで自分がか弱い姫にでもなったようで面白くない。

「あんなことは二度とないって言っただろう」

「結城さんがそのつもりでも、向こうがどう思っているかわかりませんからね。さあ、行きましょう」

「ちょっ……」

ぬっと菅野の手が伸びてきて、涼一の手を握った。腕を取られると思っていただけに手を繋《つな》がれて啞然とする。菅野の手は大きくてあたたかくて、てのひらの皮が厚そうだった。力仕事はしていないはずだから、おそらく武道による鍛錬で皮が厚くなったのだろう。

剣道だろうか。それとも柔道、空手——と考えこんでしまい、ハッと我に返ったのはマンション方向へ数十メートルも歩いてからだ。

「手を離せ」

「逃げませんか」

「逃げない」

菅野はするっと手を解いた。手と手を繋ぐなんて、学生時代の彼女と別れて以来だった。恥ずかしくて、思わず周囲を見渡してしまう。自宅近所なのだ。顔見知りにでも見られていたらバツが悪い。

「今日、セクハラ部長はどうでした？」

「会ってない。向こうが俺を避けたのか、それとも仕事の都合で営業部に顔を出さなかったのかはわからない」

「そうですか。まあ、結城さんがあいつと会わなかったせいで心穏やかに過ごせたならいいです」

「昨夜のこと、上司に報告しなかったんだな……」

菅野は何様かと突っこみたくなるような態度で頷く。

「していないですよ」

「今朝、君の上司に確認した」

「清水さんですか？」

「そう、清水さん。落ち着いた感じで頼りがいがありそうな、素敵《すてき》な上司だな。君が羨ましい」

「えっ………」

清水の印象を正直に口にしただけなのに、菅野は茫然として動かなくなった。

「あ、あの、結城さん……。清水さんを、もしかして、気に入りましたか」

「気に入る？　変な言い方だな。清水さんに失礼だろう」

歩きはじめても菅野がついてこないので涼一は振り返った。ぼうっとしていた菅野が慌てて駆け寄ってきて、夜道を並んで歩いていく。

「その、清水さんにわざわざ確認したのって、俺に信用がないからですかね」

「そういうわけじゃない。今朝、会社の玄関脇に君の姿がなかったから、もしかして昨夜のことを報告しなくて、そのせいで自宅謹慎とか異動とか、なんらかのペナルティでも課せられたのかと気になって聞いたんだ。そうしたら、単なる休みで、昨夜のことは報告されていないと……」

「ああ、そうだったんですか」

菅野は安心したような笑みを浮かべて、一気にご機嫌になった。

「休みなのにわざわざここまで来たのか」

「ええ、まぁ……」

「どこに住んでいるんだ？」

「えー…っと、スガノ警備の社員寮に部屋があります」

「それ、どこ？」

「港区《みなと》です」

「へーっ、いいところに寮があるんだな」

「本社が港区なんです。都内に数十カ所の事業所がありますけど、その近辺にいくつか寮があって」

「そうか、仕事がら、勤務が不規則だったりするし、所属している事業所に近い方が通勤に手間がからないな」

スガノ警備はオフィスビルの警備だけを仕事にしているわけではない。顧客は個人宅から商店まで幅広いはず。なにかあったときに駆けつけるために寮は必要なのだろう。

その港区から杉並《すぎなみ》区内にあるこの駅まで来たわけだ。距離的にはそんなに遠くないが——。

「俺のことを心配してくれるのはありがたいけど、そこまでしてくれなくてもいいよ」

「いえ、します。させてください」

「なんだそれ。スガノ警備は若葉損保の社員に対してそこまでやるという契約になっているのか？ちがうだろう」

「俺がやりたいだけです」

「君ねぇ……」

気がつくともう自宅マンションの前に来ていた。菅野とあれこれと話をしていたらあっという間だった。駅に着いたとき、夜道に感じたかすかな恐怖など、自分の中には微塵《みじん》も残っていない。菅野のおかげだと素直に感謝するのは悔しかったので、無表情をとりつくろった。

「菅野君、ありがとう」

それでも大人なので謝意だけは述べる。ツンと澄ました顔になっている自覚はあったが、直せない。だが菅野はまったく気分を害した様子はなく、もう見慣れた感がある明るい笑顔だ。言葉にはしないけれど、涼一を特別視しているように思う。

「明日も駅で待ってますね」

「来なくていい」

「いえ、待ってます」

「じゃあ、好きにしろ」

涼一はため息をついてみせてから、マンションのエントランスに入っていった。ちらりと振り返ると菅野がエントランスに入らずに道から手を振っている。涼一はうっかり手を振り返しそうになったが、視線を逸らしてエレベーターに乗った。

駅から自宅まで。たったこれだけのために、わざわざ来てくれた菅野。明日も来ると言う。

「………バカな奴《やつ》だな………」

一人きりのエレベーターの中でぼそりと呟いてみた。菅野は、涼一の体のどこかをくすぐったくさせる。それは苛立ちを募らせるものではなく、笠井につけられた傷をすこし癒すような——なにか不思議な力があるような気がした。

翌日も、翌々日も、菅野は駅で待っていた。

早朝から昼過ぎまでの警備を済ませてからいったん寮に戻り、私服に着替えてから駅まで出てくるらしい。会社から送ってもらった日も含めれば四日連続となった。ここまで続けば涼一とて鬼ではないので申し訳なく思ってくる。

それに菅野の脅しが効いているのか笠井はあれからまったく涼一の前に姿を現さなくなっていて、労働環境はすこぶる良好だった。

「こんど、飲みにでも行こうか」

菅野を誘ったのは四夜目のことだった。菅野は飛び上がって喜んだ。

「俺を誘ってくれるんですか？」

「飲みに行こうかと言っただけだ。その、この数日間のお礼のようなもので、奢ってやろうかと……」

「行きます、もちろん行きます！　結城さんと飲めるなら割り勘でもいいです。なんなら俺が奢りましょうか」

「どうして年上の俺が奢られなきゃならないんだ。お礼だと言っているだろう。この場合は奢らせてもらわないと困る」

「結城さん……」

菅野は大袈裟にも、涼一を拝むように手を合わせてきた。どうして菅野はいちいち恥ずかしいことをするのだろうか。またしても周囲を見渡してだれかに見られていないか確かめなければならなくなった。

「やめろ。拝むなっ」

「う、嬉しいです」

「一緒に飲むだけだぞ」

「わかっています」

こんなやりとりをしていることじたい恥ずかしいのだが、菅野はそういう感覚が麻痺《まひ》しているのか、はたまた生まれつきないのか、まったく感じていないようだ。

「じゃあ、もしものときの連絡手段として携帯番号とか、メールアドレスとか、教えてもらってもいいですか?」

えっ、と固まったが、すぐに「それもそうか」と思いなおす。毎晩、駅まで来てくれるから、通信手段でやりとりすることが頭になかった。携帯番号くらい教え合っておかないと、急な予定変更があったときに困る。自宅マンションの前で、いまさらながらに二人とも携帯端末を取り出した。電話番号だけでなく、メールアドレスも交換し合う。

菅野は「じゃあ、連絡待ってます」と満面の笑みで手を振りながら、マンションのエントランスに入っていく涼一を見送ってくれた。ちらりと振り返ると、もう手は振っていなかったがまだこちらを見て立っている。

ついじっと見つめたら、また手を振ってくれた。つられたように涼一も手を振ってしまう。別れ際に手を振り返したのははじめてだ。菅野はびっくりした顔になったあと、飛び上がるようにして両手をぶんぶんと振り回して「おやすみなさい！」と大声を出した。

涼一は慌てて人差し指を口元に当て「しっ！」と叱る。菅野はすぐにおとなしくなって、両手をコートのポケットに突っこんだ。でも笑顔までは引っこめていない。

「ほんと、犬だ……」

ため息をついた涼一だが、鬱陶《うっとう》しいと思ってのことではない。どうするんだ、こんなに懐かれて——と、野良犬を拾って軽い気持ちでエサをあげてしまい、じゃれつかれて途方に暮れた子供時代に戻ったような気分になっていたのだった。

「ただいま」

五階の自宅に帰りついて玄関から入る。すぐに「おかえり」と藤崎が奥から返してくれた。リビングに行くと、藤崎はソファで寛《くつろ》ぎながらテレビニュースを眺めている。涼一は自分の部屋で着替えようと藤崎の横を通り過ぎた。

「なにかいいことでもあった？」

「えっ」

振り返った涼一を、藤崎がニヤッと笑ってソファから見上げてくる。

「なんですか、突然」

「機嫌がよさそうだったから、いいことでもあったのかなと思って」

「いいこと……」

ふっと菅野の健康的な笑顔が思い出されて、涼一は慌てて打ち消した。

「機嫌は、悪くないですけど、よくもないです。普通です」

「普通？　そうかな」

「そうです。変なことを言わないでください」

首を傾《かし》げている藤崎の横を足早に通り過ぎ、自分の部屋に入る。カバンをベッドに放り投げて、すこし苛立ちながらスーツを脱いだ。ちょうどそのとき、スーツの上着のポケットに入れた携帯端末がぶるぶると震えて着信を伝えてくる。取り出して見てみると、菅野からのメールだった。

『誘ってくれてありがとうございます。すごく楽しみです。俺、好き嫌いはありません。なんでも食べます。結城さんのお気に入りのお店に連れて行ってもらえたら、俺は最高にハッピーです』

アホ丸出しのメールにイラッとする。だがここで返信しないと常識ある大人としてダメなような気がして、仕方なく簡潔に『普通の居酒屋くらいしか知らないぞ』と送ってみた。すぐに返信がある。

『いいでーす！』

やっぱりバカだ。というか、学生気分が抜け切れていないのだろうか。上司の清水の苦労がしのばれる。とりあえず店を決めなければ。

すこし気分が浮かれ気味になっていることに気づきつつも、悔しいので気づいていないことにした涼一だった。

◇

結城と二人きりで食事。夢のような展開に、俊介は有頂天だった。

「結城さんとの初飲み会に乾杯！」

勝手に一言足して、俊介はビールが満たされたグラスを結城のそれと合わせる。

結城が一人暮らしをしていたときの行きつけの店だという、ごく普通の居酒屋だ。カウンター席はほぼ常連客で埋まっており、俊介と結城は二人用の狭いテーブルに案内され、向かい合って座った。

「君、足が長いな」

テーブルの下で膝が当たり、結城が申し訳なさそうに「もっと広い店がよかったか」なんて言うから、俊介は全力で「ここがいいです」と主張した。狭いの大歓迎。足が当たる距離なんて俊介にとったらパラダイスだ。

結城が一口だけ飲んで、グラスをテーブルに置く。注文した料理が届きはじめると、結城が俊介に勧めながら自分も食べた。

「結城さん、もしかして、あまりお酒に強くないんですか？」

なかなか結城のグラスの中身が減らないことに気づいて、訊ねてみる。

「……まあ、そんなに飲める方じゃないかな」

「そうだったんですか。なんか、勝手に飲める人だって想像していました。俺、けっこう強いんですよ。潰れたら介抱してあげますから、安心してください」

できるだけ下心を消した爽やか笑顔を装って俊介はおのれの胸をバシッと叩《たた》いたが、結城は「君に介抱されるのはちょっとな……」と口をへの字にした。隠している下心を察知されたのかとドキッとしながらも、こんな顔をするんだ、と俊介は鼻の下が伸びそうになってしまう。

「まさか結城さんとこうして差し向かいで飲める日が来るなんて思ってもいませんでした。世の中、なにがあるかわかりませんね」

「俺だって警備員とこんなふうに飲むことになるなんて、月曜日までは想像もしていなかったよ」

例のセクハラがあったのは今週の火曜日だ。結城と個人的に話すようになってから、まだ五日しかたっていない。予期しなかったスピードで親密度が増しているのは、俊介にとって嬉しい誤算だ。

「結城さんが酔うとどんなふうになるのか、すごく楽しみだな」

「だからそんなに飲まないって。そもそも俺が酔ったってちっとも面白くないさ。すこし陽気になるくらいで、そのあと寝ちゃう。ああでも、今夜は寝るほど飲むつもりはないから」

寝るなんて、素晴らしい酒癖ではないか。本人の合意なしにあれこれするつもりは、もちろんないが、結城の無防備な寝顔というものを一度でいいから拝みたい。

結城がほっけの開きを箸で解《ほぐ》しはじめた。その美しい箸使いがまるで優雅な舞のように見えてしまう。さらに、解された身が結城の口に運ばれて唇の奥に消えていくさまは、ひどく官能的だ。

「あの、結城さん、写真を撮ってもいいですか」

「へ？　なんの？」

「結城さんの写真です」

「なんでだ？」

「ほっけの開きを食べている結城さんがきれいだからです」

「…………おまえ、バカだろ」

思い切り目を眇《すが》めてくる結城。だが俊介は引く気はなかった。ポケットから携帯端末を出す。

「さっき、大根サラダを食べているところもよかったんですが、いまの方が数倍いいです。俺、これでも勇気を出してお願いしているんですけど……。あ、結城さんに勇気を出したなんて、上手いこと言いましたね、俺」

自分では上等なダジャレだと思ったが、結城はクスリとも笑ってくれなかった。

「撮るな」

「ダメですか」

「ダメだ。嫌だ。理由もなく写真に撮られたくない」

「理由はありますって。いま言ったでしょう。食べている結城さんがきれいだから」

「携帯をしまえ」

「どうしても、ダメですか」

「絶対にダメだ。一枚でも撮ってみろ、俺はすぐに帰る」

断固とした口調で言い切られて、俊介はものすごく残念に思いながら携帯端末をしまった。ため息をつきつつ箸を持ち、だし巻きたまごをつつく。

しばらく無言で食べる時間があったが、そろそろなにか話題がないかなと探しはじめた俊介に、結城が聞いてきた。

「菅野君は、武道の心得があるんだよな？」

「一応、段持ちです」

「へーっ、やっぱりそうなんだ。なにで段を持っているんだ？　剣道？　空手とか？」

「剣道柔道空手で合わせて十段持っています」

「すごいね！」

思っていたよりもずっとすごい経歴だったのか、結城が感心した目を向けてくれた。さっきの変人一歩手前発言が帳消しになったかもしれない。

「俺はなにも武道をやらなかったからなぁ」

「俺の場合は、家が道場をやっていたので、最初は有無を言わさずって感じでしたね」

「へぇーっ」

四歳のときから武道を習わされたこととか、兄がいて勉強はかなわなかったが武道では負けたことがないとか、留学中の失敗談とか、俊介は一生懸命、結城の興味が自分自身に向くようにと喋り続けた。結城は楽しそうに聞いてくれた。

「いいな、アメリカかぁ。じつは海外へ行ったことがないんだよな」

「えっ、そうなんですか」

ついあからさまに驚いてしまったら、結城がムッとした。

「悪かったな。パスポートも持ってないよ」

「高校の修学旅行はどこだったんですか？」

「沖縄《おきなわ》。飛行機に乗ったのはそれが最初で最後だ。すごく楽しかったな」

本当に楽しかったのだろう、結城はどこか遠くに視線を飛ばして優しい笑顔になり、修学旅行を思い出しているようだ。結城がぽつぽつとそのときのことを話してくれた。好天に恵まれ、仲のいい友達と史跡をまわったこと。海が澄んでいてきれいだったこと。緑が濃いと感じたこと——。

あまりにも懐かしそうに語るから、俊介はもやもやしてしまう。

「くそっ、俺も一緒に沖縄へ行きたかったです」

「なに言ってんだよ」

「だっていま思い出していたでしょう。最高の修学旅行だったんですね。すごくいい顔になっていましたよ。ああ、マジで写真撮らせてもらえませんか？」

「だからダメだって」

もうバカだなと、笑いながら結城が気安く俊介の肩を平手でぺちんと叩いてきた。思いがけない接触に、俊介はドキッとする。よくよく結城の顔を見てみると、目元がほんのりと赤い。グラス一杯しかビールを飲んでいないが、すこし酔ってきたのかもしれない。結城はさらに、くすくすと笑いながら手を伸ばしてきて、俊介の頬をちょっと撫でた。深い意味なんかなかったと思う。けれど触れられた俊介にしたら大事件だ。瞬間的に、ぞくぞくっとした快感が背筋を駆け抜ける。

「ゆ、結城さん？」

呼びかける声が上擦ってしまった。

「あ、ざらざらしてる。これって、ヒゲ？　夜だから伸びてきた？」

「たぶん、そうです。俺、わりと濃い方なんで……って、そんなに触らないでくださいよ」

きっと耳が赤くなっている。たったこれだけで赤くなるなんて、どこのチェリーだと自分に突っこみを入れて冷静になろうとしたが、その努力を結城があっさりと台無しにした。なんと、俊介の耳を細くてきれいな指で摘んできたのだ。

「きれいな赤だね」

とろりとした色気を孕《はら》む声音で言われたら、さらに赤くなるしかない。

「だから、触らないでくださいって」

「ヒゲ、いいな。俺ってさ、ぜんぜん生えないんだよね。ほら、見てよ」

テーブルの上に上体を乗せるようにして結城が顎を突き出したが、俊介は逆にのけ反って目を背けた。両手をぐっと自分の膝に乗せて触りたがる自分の欲望と闘う。

「ほらほら、つるつるなんだ」

「わかりました。わかりましたから、座ってください」

乗りの悪いヤツだなと、結城が座りなおしつつ唇を尖《とが》らせてむくれた。

「結城さん、酔っていますね。本当に弱いんですね」

「んー……ちょっとふわふわするかな……」

これが陽気になるってことか？　マジでヤバい。それとも忍耐力を試されてるのか？

俊介は深いため息をついて、椅子にぐったりと体を預けた。とんでもない酒癖だ。例の上司の笠井が、もし結城のこうした様子を忘年会等で垣間《かいま》見ていたとしたら、執着するのも無理はないと思ってしまう。もちろん立場を利用してのハラスメントなんて言語道断だが。

「明日は日曜日だけど仕事はあるのか？」

おしぼりをくるくると指に巻きつけて手遊びしながら、結城が聞いてきた。

ほんのり酒気を帯びた結城はいつにも増してキラキラしている。表情が緩んで冷たい雰囲気は消え、あどけないほどの笑みがその美貌に浮かんでいるからだろう。ギャップがすごい。

「いえ、明日は休みです」

「そうか、俺も休みだ。さすがに日曜日くらいは休ませてもらわないと持たないからな。おまえも休みなんだ、へぇ」

微笑みながら俊介を見つめてくる結城。まさか、明日、誘ってくれるということだろうか。

「明日、休みです。とくに予定はありません。一日中、空いています！」

「俺も空いてるよ」

「じゃあ、俺と――」

「そういえば、掃除と洗濯と買い出しに行かないとなぁ」

がくりと肩を落とし、俊介は恨めしい目を向けてしまった。結城がふふふと声に出して笑う。明日の予定なんて聞いたら俊介が期待するとわかっていて、面白がっているようだ。

「思わせぶりなことを言わないでくださいよ」

「思わせぶり？　どこが？」

「酔うと小悪魔系に変身するんですね……」

「俺が小悪魔？　なにそれ。はじめて言われたよ」

なんと、結城がケラケラと笑った。うわ、可愛い――と、俊介は目を奪われる。でも容易に触れてはいけない存在だ。まだ。

「結城さん……俺、子供のころから、我慢大会は苦手でして……」

俊介は両手で自分の顔を覆い、肘をテーブルにつく。しばしそのまま動かずに、結城を抱きしめたい衝動と闘った。それなのに、結城は指で俊介の肩や腕をつついてくる。

「どうして動かないんだ？」

「だから、むやみに触らないでくださいってば」

「触ってないよ、つついているだけ」

「やめてください」

俊介は結城の手を払い、顔から手を離したあと、何回か深呼吸した。もう限界だ。我慢できなくなる前にお開きにしよう。結城に醜態を晒《さら》したくない。

「もう帰りましょう」

俊介は店員を呼んだ。パンツのポケットから薄い財布を出したのを見て、結城が慌てる。急いでスーツのポケットから財布を出し、カードを抜き取った。

「おいこら、払うなよ」

「割り勘にしましょう」

「俺が奢る。格好つかないだろう」

結城が店員にカードを渡した。年上の結城が払いたがる気持ちもわかるので、この場はおとなしく言うことを聞こうと決めた。

「じゃあ、今日のところはごちそうになります。でも次回からは割り勘にしましょうね。俺だって社会人なんですから、ちゃんと払えます」

きっぱりと宣言したら、結城は「生意気言って」とクスクスちいさく笑い続ける。

店を出ても、俊介の理性はぐらぐらと揺れていた。気を抜いたらふらりと結城に引き寄せられてしまいそうだからだ。眼福ではあるが、ここで誘惑に負けて手を出そうものなら、酔いが醒《さ》めた結城に逃げられること間違いない。

「結城さん、家まで送ります」

きちんと立ってはいるが上体がわずかにゆらゆらと揺れている結城の二の腕を摑む。

まだ時間はそんなに遅くない。俊介としては二件目は静かに飲める大人のバーに移動して親睦を深めて……と思っていたのだが、結城が無理そうだ。ここは紳士的に送っていくことにしよう。

タクシーを停《と》めて結城に乗車を促す。

「タクシーで帰るのか？」

「そうです」

にこにこと上機嫌な笑顔のまま、並んで後部座席に座った俊介の肩にことんと頭を傾けてくる。

（おおぉぉぉぉぉ！）

思わず心の中で雄たけびを上げてしまった。お酒の神さま、ありがとう。

結城からふわんといい匂いが漂ってくる。これはいったいなんの匂いだろうか。香水？　シャンプーの香料だろうか。それにしては存在を主張せずに微《かす》かで、どこか官能的ですらある。

（はっ、もしかして、結城さんの体臭？　体臭かも！）

いまのうちに嗅いでおこうと、俊介は胸いっぱいに吸いこんだ。鼻孔を満たす香りは嗅覚をほんのり刺激して、俊介をどこかへ連れて行ってしまいそうな酩酊感《めいていかん》を生んだ。あやうく勃起しそうになって、ハッとする。

（いかん、タクシーの中で勃《た》ててしまうなんて）

慌てて意識を逸らし、下腹部に集まりそうになった熱を拡散させた。

そんな俊介の動揺にまったく気づいていないらしい結城は、肩にもたれたままうつらうつらとしはじめる。目を閉じてうとうとしている結城はあまりに無防備だ。またぞろ燃え上がりそうになった欲望の炎を必死に鎮火させたが、浮いたり沈んだりと激しいことこのうえない。結城の自宅マンション前にタクシーが着いたときには、自らの葛藤だけで疲れを覚えるほどだった。

「結城さん、着きましたよ」

「うーん……」

頭をぐらぐらさせながら結城が目を開け、なんとかタクシーを降りることができた。外の空気を吸ったらいくぶんはっきりしたのか、何度か瞬きをしてから俊介を見上げてきた。

「あれ、もう家？」

「そうです。結城さんって、本当に弱いんですね」

「なにか迷惑かけたか？」

「いえ、とくには。大丈夫ですよ。エレベーターまで送りましょうか」

「あー……、そこまでしてくれなくても大丈夫だよ」

と言った結城だが、エントランスのほんの三段くらいの階段で転びそうになった。慌てて肩を抱えるようにして支え、俊介はエレベーターまで送ることに決める。

「ちょっと待って、郵便ポストを見たい」

「はいはい」

鍵か暗証番号が必要なエントランスの自動ドアの横に、郵便ポストがずらりと並んでいる。そのうちのひとつに、結城が歩み寄った。支えている俊介も必然的に、一緒に行くことになる。

銀色のステンレス製らしいポストは、取っ手の部分がダイヤル式の鍵になっていて、結城は酔っていても慣れた手つきでそれを解除した。蓋を開けて中を見て、何通かの封書やらハガキやらを取り出している。

俊介は、郵便ポストの蓋に書かれた名札に目が釘付けになっていた。

『藤崎・結城』

名字がふたつ、並んでいる。結城は父親と二人暮らしと聞いた。

なぜ名字がふたつ？　一緒に暮らしているのは父親ではないのか？　では、だれだ？　だれか他人と二人で暮らしているのか？

単純なルームシェアならば、わざわざ「父親と二人暮らし」なんて嘘《うそ》をつかなくてもいい。いまどきルームシェアは珍しいことではないからだ。おそらくこのマンションはファミリータイプだろう。一人で暮らすには広い家に、友人とシェアして住んでいると説明されても驚かない。

(だれと？　だれと住んでいるんだ？)

もしかして恋人と同棲しているのか——と最悪の想像が頭の中を駆け巡る。

俊介が衝撃のあまり身動きがとれないでいるうちに、結城の酔いはゆっくりと醒めてきたらしく、一人でも立っていられるくらいになってきた。支えていた俊介の手を振りほどき、「もういい」と離れていく。

「菅野君」

呼びかけられているのに、俊介は返事ができなくて視線が遠くへ行ったままだ。

「菅野君。菅野君？」

「あ、はい」

何度か呼ばれてやっと現実に戻ってきた俊介は、不審そうに見上げてきている結城に気づいて口から質問が飛び出しそうになった。

藤崎ってだれですか、どういう関係ですか、父親と二人暮らしじゃなかったんですか、もしこの人が父親なら名字が違うのはなぜですか——と。

だがすんでのところで言葉を飲みこんだ。そこまで踏み込んだことを聞いてもいいのかどうかわからなかったからだ。俊介の動揺に気づくことなく、結城は目元を緩ませた。

「送ってくれてありがとう。タクシー代の半分を払うよ」

「い、いいえ、いらないです。俺が勝手にタクシーを使っただけなんで。それに今夜は奢ってもらったわけだし」

「そうか？　じゃあ、こんどまたなにか奢るよ。おやすみ」

「おやすみなさい……」

あっさりと背中を向けてエレベーターへと歩いて行ってしまう結城の後ろ姿を、俊介は棒立ちのまま見送った。今夜の飲み会で一気に距離が縮まったと喜んでいたのに、結城がまた遠い存在になってしまったような寂寥感《せきりょうかん》が胸に吹きすさんでいる。

（藤崎ってだれ、藤崎ってだれ？）

そればかりがぐるぐると頭の中で回っていた。なかなか戻ってこない俊介に業を煮やしたタクシーの運転手が車を降りて呼びに来るまで、その場から動けなかったのだった。

◇

週明けの月曜日、出勤する涼一の足取りは軽かった。

土曜日の夜に菅野に奢ることができてすこし借りを返せたような気になっていたし、日曜日は藤崎と一緒に家事に勤《いそ》しんだ。藤崎に無理をして家事をしなくてもいいと言っている手前、休みの日に自分がやるのは当然だ。いつも藤崎がざっと掃除機をかけてくれているので部屋はそんなに汚れていないが、キッチンの調理台とかトイレ、風呂の掃除を、涼一は率先してやった。その後、藤崎と二人で食材の買い出しに出かけた。

徒歩十分のところにスーパーがある。そこまでのんびりと肩を並べて、お喋りしながら歩くのが楽しくて、涼一はささやかな幸せに酔った。

休日の楽しみは、藤崎との穏やかな時間なのだ。涼一にとっては至福の時。これがあるから仕事を頑張れるし、嫌な上司の不愉快な言動にも耐えられる。先週は笠井に迫られた火曜日以来ずっと菅野に送ってもらっていたので、ストレスが少なかったこともあると思う。菅野にはもっと感謝しなければならないだろうか。

（一回奢ったくらいでは足りないような気がするから、また誘ってみよう。そういえば、今週も引き続き送ってくれるつもりなのかな……）

このまま笠井が涼一になにもしてこなければいいのだが、どうだろう。菅野の脅しだけで引き下がるとは思えなかったが、一週間たってみて、笠井がとくに行動を起こしてきていないところを見ると、もしかしてその気がなくなったのかもしれない。楽観的すぎるだろうか――？

いつものように地下鉄の駅から会社へと歩いていると、また近藤に声をかけられた。

「おはようございます」

「おはよう」

最近よく会う。たまたま同じ時間になっているのか、それともいままで気がつかなかっただけなのかわからないが、別に嫌ではないので気にしない。

「係長、お休みの日にゆっくりして英気を養ってきたって感じですね。とっても顔色がいいです。なにかで充電してきたんですか？」

そう指摘されて悪い気はしない。部下に、溌剌《はつらつ》と出勤しているように見えるのなら、上司として合格だと思うからだ。

「いや、とくになにも。家事に集中することができて達成感はあるが」

「えーっ、係長って主夫みたいですね。って、お父さんと二人暮らしだったら、そうなりますか」

「そうなるよ」

穏やかに微笑んでみせたら、近藤が目を丸くした。そんなに自分の笑顔は珍しかっただろうかと、気恥ずかしくなる。やはり、あまり笑わないようにしよう。

若葉ビルに着き、いつものように正面玄関で警備についている菅野と目が合う。

「……おはようございます……」

おや、と涼一は首を傾げそうになった。菅野の元気がないように見えたからだ。

「おはよう」

挨拶を返して菅野の前を通り過ぎながら、ちらっと顔色を窺う。涼一の動きをじっと目で追うのが毎朝恒例の菅野の態度なのに、ふっと視線が逸れた。だれか別の人を見ているのかなとあたりを見渡したが、菅野は特定のだれかを見つめている様子ではない。単に涼一から目を逸らしただけのようだ。

（あれ？　どうしたのかな……）

警備員としてはごく普通の態度だが、菅野に限ってはそうではない。具合でも悪いのか、それとも――先週火曜日以降なにもなかったから、特別サービス期間は終わったということだろうか。帰りの送り行為は、もうないのかもしれない。

それはそれで借りを作ったと思わなくてもいいわけだから涼一は気が楽になるわけだが――。

（なんだよ、その態度）

土曜日に会ったとき、月曜日から態度を変えるようなそぶりはなかったように思う。それとも自分が失礼な発言をしてしまったのだろうか。そんな覚えはないが。だとしたら、態度を変える前になにか一言でも言ってくれればいいのに。

釈然としないものを胸に抱えながら、涼一は営業二課へ向かった。

「あれ？」

仕事を終えて帰路につき、自宅最寄り駅で電車を降りた涼一は、駅前のロータリーの片隅に立っている私服姿の菅野を見つけてぽかんと口を開けた。

「お疲れさまです」

ニカッと音がしそうな明るい笑顔をされて、今朝のそっけない……というか冷たい態度を取っていた男はいったいだれだったんだと疑問に思ってしまう。

「菅野君……」

「はい？」

「今日も来たのか」

「来ますよ」

こんどは菅野の方が不思議そうな顔になる。自宅へ向かう夜道を涼一は見つめた。てっきり菅野はもう来ないものだと思っていたので、一人で帰るつもりだった。一週間たって、笠井への漠然とした恐怖や嫌悪はすこし薄まった。なくなったわけではないが、火曜日以降なにごともなく過ぎたので、そうなった。

「もう送ってくれなくてもいいよ」

「ダメです。これからも送ります」

「あれからなにもないから、もう大丈夫なんじゃないかな」

「甘いです」

菅野は笠井の人となりなど知らないはずなのに、この点は最初から妙にきっぱりと言い切る。犯罪については涼一よりも詳しいんだぞと暗に主張したいのか。年下のくせに生意気だ。今朝の態度も腑《ふ》に落ちない。

「でも、もう面倒臭いと思っているんじゃないのか。それとも俺が土曜日になにか気に障ることを言ったか？」

「面倒臭いなんてこれっぽっちも思っていません。土曜日になにか言われてもいませんっ」

「だったら今朝の態度はなんだ」

「えっ……」

菅野があからさまにうろたえた。やはりあれは涼一の気のせいなんかではなく、菅野が故意にああいう態度に出ていたらしい。

「説明できるか？」

「…………」

菅野は黙りこんだ。ラフな格好の長身の男がスーツ姿の涼一と向かい合って立ち尽くしている様子は目立つ。駅から出てくる老若男女にじろじろと眺められて、涼一はため息をついた。踵を返すと、菅野を置いて帰り道を歩きだす。

「あ、結城さん、待ってください」

「帰れ。ついてきてくれなくていい」

「ダメです。ついていきます」

精一杯の大股で歩いた涼一だが、菅野の方が足が長い。すぐに追いつかれて横に並ばれた。

「結城さん、あの、今朝のことは謝ります。すみませんでした。ちょっと、嫌なことがあって、機嫌が悪かったというかなんというか」

「へぇ、君は機嫌によって仕事中の態度を変えるんだ。ずいぶんと優秀なんだな」

「いや、それは……」

「ほら、もう面倒だって認めろ。そもそも俺が頼んだわけじゃないから、面倒だから来ないと言っても怒ったりなんかしないし」

「本当に面倒じゃないんです。俺がやりたくてやっているんで……。むしろ、この一時《ひととき》が俺の目下の楽しみというかなんというか」

これが楽しみだと？　やっぱり菅野はゲイなのか。それにしては、そういう雰囲気を出してこない。空気を読めとか言われても男同士で「ああ、そうなのか」なんて反応ができるわけないだろう。

（そもそも俺は年下なんか趣味じゃない）

イラッとして傍らの男を見上げると、涼一をじっと見下ろしてきていた。一途《いちず》なまなざしを注いでくる瞳にドキッとする。

「あの……説明します。怒らないで聞いてください」

無視したら鬼畜認定されそうな真摯《しんし》すぎる声音に、涼一は歩く速度を緩めた。

「なんだ」

「土曜日に飲みに行った帰り、結城さんはすこし酔っていたので、タクシーを拾って二人で乗って、俺がマンションのエントランスまで送ったのを覚えていますか」

「ああ、もちろん。記憶を失くすほどには酔っていなかった……って、やっぱりあのときなにかあったんだな。俺、なにかしたか？」

涼一は嫌な記憶なんてない。たったコップ一杯のビールで酔った涼一が見苦しかったという話だったら恥ずかしすぎる。

「いいえ、そのあとのことです。ちゃんと聞いてください」

「そのあとって……タクシー代を半分払えってことか？」

「違います。もう、最後まで聞いてください。結城さんの自宅マンションに着いてから、俺がエントランスまでついていきましたよね？」

「そうだったな」

「あのとき、結城さんは郵便受けから郵便物を取り出しました」

「うん」

「その郵便受けに、名字がふたつ、並んで書いてあって――」

歩きながら話していたはずなのに、いつのまにか二人とも足が止まっていた。道路脇の自動販売機の光が届く位置だったので、菅野の表情がよくわかる。俯いた菅野は、なんとも言えず切ない顔をしていた。

「結城と、藤崎って、ありました」

「そうだな。それが？」

名字がふたつあるのは当然だ。藤崎の部屋に涼一が転がりこんだ一年前から、ずっとそうなっている。隣近所にはきちんと挨拶して事情を説明してあるし、なんの問題もない。

「ふ、藤崎って、だれですか」

「は？」

「お父さんと二人暮らしなんですよね？　なのに、名字がちがう人と一緒に住んでいるのはどうしてですか。も、もしかして、その、恋人と同棲……とか、ですか？　それを隠すために、お父さんと暮らしているなんていう嘘を――」

涼一は唖然とした。いったいこいつはなにを言っているんだと、開いた口が塞がらなかった。

そのうち、じわじわと意味がわかってくる。とんでもない勘違いに眩暈がしそうだった。

（お義父さんが、こ、恋人？　しかも同棲？）

カーッと頭に血が上ってくる。握りしめた両手の拳が、わなわなと震えた。

「ゆ、結城さん？」

「おまえ……なに言って……」

菅野を「おまえ」呼ばわりしてしまっていることに、涼一は怒りのあまり気づけなかった。

「馬鹿野郎！」

腹の底から怒鳴り声が飛びだした。ヒッと菅野が首を縮める。

「藤崎は、義理の父だ。断じて、恋人なんかじゃない！　バカなことを言うな！」

「義理の、お父さん？」

「俺の、母親の、再婚相手だ！　母親が再婚したとき、俺はもう成人していて、戸籍を独立させた。

藤崎の籍に入らなかったから、母親の旧姓のままなんだ。ただ、それだけのことだ！」

「ああ、そうだったんですか。なんだ、よかった」

菅野はさっきまでの懊悩《おうのう》ぶりが幻だったかのように、ケロッとして笑顔になった。疑問が解決して晴れ晴れとした気分になったようだが、涼一はそうもいかない。

藤崎への気持ちを汚された――。

心の中だけで、きれいにあたためていたほのかな想いが、土足で踏みにじられたようで、激しい憤りに体が震えた。目の奥が熱くなって、じわりと視界が滲む。菅野の前でなんか泣きたくないのに、悔しくて腹が立って、どうにも制御できなくなっていた。

「あ、え……？　結城さん、えっ、な、泣いて……？　嘘、可愛い……」

ぶちっとどこかが切れた。

「可愛いとは何事だ！　誤解したことをまず謝らんかーっ！」

怒鳴り声とともに拳が出た。菅野の左頬を思い切り殴りつけ、ふらりとよろめいたところに蹴りを入れた。アスファルトの道路にどっと倒れたのを尻目に、涼一は走りだす。一刻も早く、この失礼な年下の男から離れたかった。そして、安全な自分の巣に――藤崎の待つ家に、帰りたかった。

マンションまでの数十メートルを駆け抜け、エントランスの扉をこじ開けるようにして中に入り、エレベーターのボタンを叩くようにして何度も押した。やっと一階に下りてきた箱に乗って、ちらりと背後を振り返る。菅野は追って来てはいなかった。

五階のボタンを押して、上昇していく動きを感じながら深呼吸した。まだ怒りはおさまっていないが、動揺した顔を藤崎に見せたくない。平常心に戻る努力をしたが、なかなかうまくいかない。

「………そういえば、あいつって有段者……」

衝動的に暴力を振るってしまったが、菅野は剣道柔道空手合わせて十段の猛者だったことを思い出した。ドがつく素人の涼一が殴ったり蹴ったりしても、たいしたダメージではなかっただろう。

「っていうか、避《よ》けることもできたんじゃ……？」

たぶん、涼一の拳も蹴りも、菅野は避けられたはず。でも避けなかった。なぜだ。あれが反省の意味だったとしたら——。

「いや、それでも許せない。絶対に許せない。なにがあろうと許さない」

平常心に戻れないまま、涼一は帰宅することになってしまった。ぷりぷりと怒りながらも、玄関ドアを開けて「ただいま」と奥へ声をかける。

「おかえり」

すぐに返事があり、藤崎が廊下に出てきた。玄関まで出迎えてくれることなんてほとんどないのに、いったいどうしたことか。藤崎はにこにこと笑っている。

「どうしたんですか？」

「いや、ちょっと面白いものを見たから」

「なにを……」

テレビでなにか興味を引かれることでも放送していたのかと耳をすましたが、テレビがついている気配はない。涼一は藤崎の肩越しにリビングのソファの後ろにある掃きだし窓のカーテンが開いているのを見て、ハッとした。

まさか、と藤崎の顔を見ると、にこにこ笑顔がにやにや笑顔に変化している。

「涼一君もあんなふうに感情的になることがあるんだね。さっきの男の人はだれ？　なにを話していたのかな？」

「見、見て……？」

確認するのは恐ろしいが、そうせざるを得ない。

「そろそろ帰ってくるころかなと思って、シチューを温めなおしていたら、ちょっと焦がしてしまってね。換気扇を回しながら窓も開けていたんだ。ほら、今日は天気がよくて珍しく星がきれいに見えるだろう。なんとなくベランダに出てみたら、道端でだれかと言い争っている涼一君が見えてね」

そう言われてみれば、なんとなく焦げ臭い。なんてタイミングで外を見たのだろうか。こんなことが起こるのかと、運命を呪いたくなる。

「話は、聞いていないんですね？」

「さすがに内容は聞こえないよ」

五階という高さだ。藤崎の言う通り、話の内容まではわからなかっただろう。だが夜道とはいえ街灯があるし、ちょうど自動販売機の横でもあった。藤崎が涼一を見分けられたのは、なんら不思議ではない。

「ちょっと驚いたよ。涼一君っていつも沈着冷静で物静かだから」

「………忘れてください」

どっと疲れが圧《の》し掛かってきたように感じて、涼一はよろよろと廊下を歩く。藤崎がついてきて
「忘れることは難しいな」と笑みを含んだ声で言った。

「涼一君をあんなふうに感情的にさせた彼がどんな人なのか、知りたいな。会社の同僚？　にしては、スーツじゃなかったよね。ラフな格好をしていたように見えたから……どんな知り合い？」

見られているとわかっていたら、玄関に入るまでに適当な言い訳を用意していたのに。

とっさに浮かんでこない。アドリブに弱い自分を、涼一は情けなく思った。

「あ、もしかして、ナンパされた？」

「違います！」

全力で否定した涼一を、藤崎は慈しむようなまなざしで見下ろしてきた。

「見ず知らずの人じゃないんだね」

「………うちのビルの警備員です」

「へぇ、警備員と親しくなったんだ。彼の自宅はこの近所なのかな？」

「ああ、まあ、そうみたいですね」

まさか笠井とのアレコレを話すわけにはいかず、涼一は曖昧に頷いておいた。

「ケンカの原因がなにかは、聞かない方がいいかな」

「できれば」

「そうか。わかった」

藤崎はすこし残念そうに肩を竦めた。

「仲直りは早い方がいいと思うよ」

自分の部屋に入ろうとした涼一に、藤崎がそんな言葉をかけた。なにも知らないくせに、と藤崎を恨めしげに睨んでしまう。

「仲直りなんて……」

「よくも悪くも君の感情をここまで動かせる人なんて、なかなかいないだろう。それだけさらけ出せる相手は、貴重だよ」

「でも」

反論しかけて、涼一は口を噤《つぐ》んだ。藤崎と視線を合わせて、自分の心の中をこわごわと探ってみる。

菅野に変な誤解をされて激高したのは事実だ。藤崎を大切に思う気持ちを汚されたと思った。藤崎は亡くなった母親の夫で、恋人にしたいなんて考えたこともない。あんなふうに菅野に言われて、帰宅後、藤崎の前でどんな態度を取ればいいのかと、困惑した。

だが、実際に帰宅して藤崎と対峙《たいじ》したいまの精神状態はどうだろう。

頭の中の大半を占めているのは、菅野のことだ。藤崎とは、違和感なく話せている。

これは、どういう現象だろうか。

わからなくて、わかりたくなくて、涼一は視線を逸らした。

「……着替えてきます」

自分の部屋に入ってドアを閉める。スーツのままベッドに座りこみ、右手をじっと見つめた。

菅野を殴った手。すこし赤くなっている。似合わない暴力なんか振るってしまい、いまさらズキズキと痛んできた。

菅野の顔は腫れただろうか。蹴った腹は、どうだろう。知りたいけれど、いまは気持ちの整理がついていなくて、電話なんてできそうにない。右手を左手でくるむようにして握り、涼一は大きなため息をついた。

◇

翌朝、スガノ警備本社に左頬に湿布を貼った状態で現われた俊介を見て、清水が啞然とした。

「なんだそれは。殴られたのか？　おまえを殴れるヤツがいるのか？」

会社の道場で手合わせしたことがある清水は、俊介の実力をよく知っている。

「ええ、まあ……」

言葉を濁して、俊介は警備員の制服に着替えた。湿布なんて貼ったら追及されるだろうなとわかっていたが、実際に腫れているのだから仕方がない。結城の拳は痛かった。とっさに避けなかったからまともに当たってしまったわけだが、顔よりも心が痛んで昨夜からずっと落ちこんでいる。

（あんなに結城さんを怒らせるなんて……。俺、もうダメかな……）

口からこぼれるのはため息ばかりだ。一緒に住んでいる「藤崎」という人物が義理の父親だと判明したのはいいが、安堵のあまりこぼれてしまった一言で結城を激怒させてしまった。

(だってものすごく可愛かったんだもん……)

泣いた結城の顔はとてつもないインパクトだった。ただでさえキラキラしい容姿をしているのに、瞳が涙で潤み、長いまつげに涙が絡んで街灯の光を反射する光景は、見惚《みと》れてしまうくらいにきれいだったのだ。うっかり本音が口から出てしまった。結城が殴りながら叫んだ「誤解したことをまず謝らんか！」は、まさにその通りで、俊介は深く深く反省している。

(今夜も、駅で待っていていいんだろうか)

合わせる顔がないほどの失態に落ちこんでいるが、だからといって夜道を結城一人で帰らせるのは心配だ。

会社から駅までは近藤が目を光らせることになっていて、自宅最寄り駅からマンションまでは俊介の担当ということになっている。あれ以来なにもないからといって、俊介は笠井が諦めたとは思っていない。結城に惚れた自分だからこそわかる執着心。それを考えると、結城が油断したころにまた笠井がアクションを起こす可能性は高かった。

「菅野、おまえ今朝は正面玄関じゃなく、裏口担当な」

「えっ？」

いきなり背後から清水にそう命じられて、俊介は不満をありありと顔に出しながら詰め寄った。

「嫌です。それじゃあ結城さんに会えないじゃないですか」

「その顔でオモテはイカンだろう。若葉ビルの玄関にふさわしくないだとかなんだとか、あとでクレームが来そうだ。いつも裏口の田中《たなか》を回すから、おまえは当分の間、ウラに引っこんでいろ」

「当分の間？　いつまでですか」

「それだけ腫れているってことは、あとで変色しそうだからな。元の顔に戻るまでだ」

ガーン、と俊介は立ち尽くす。毎朝の挨拶が楽しみだったのに、それを取り上げられてしまった。

そもそもは自分の失言のせいなのだが、いますぐにケガが治る薬があったら、俊介は全力で確保に走りたいくらいだ。給料三カ月分くらいなら払ってもいい。

（って、婚約指輪かよ）

自分自身に突っこみを入れてさらに落ちこんだ。結城のあのきれいですんなりと細い指に二人の名前を刻んだ婚約指輪をはめることができたなら、俊介は死ぬほど喜ぶだろう。

（って、死んだらダメじゃん）

なにをわけのわからない突っこみを繰り返しているんだか――。頭が混乱してきた。

「おはようございまーす」

同僚が出勤してきて、それぞれ警備員の制服に着替えはじめる。清水のチームが全員揃《そろ》ったところで配置換えの説明があり、みんな揃ってスガノ警備のワゴン車で若葉ビルまで移動だ。丸の内に一番近い営業所は港区の本社になるため、そこから現場に行くことになっている。若葉ビル内には休憩&

待機用として警備員のための部屋はあるが、そこで着替えは行わない。

清水に促されてワゴン車に乗り、若葉ビルへと向かった。夜明けの都心はまだ渋滞がはじまっておらず、スムーズに丸の内まで進む。いつもなら張り切って一番に車を下りるのだが、今朝はのろのろとしていて最後になった。

「おい、しっかりしろよ。情けないな。仕事だぞ」

清水に背中をバシンと叩かれて「すみません」と頭を下げてから背筋を正した。裏口だって重要だ。社員は正面玄関から入るが、裏口は出入りの業者が使う。たとえ顔見知りでも身分証明書の提示が義務付けられているし、いままで何事もなかったわけではない。過去に、業者を装った不審者を取り押さえ、警察に引き渡したことがあるのだ。

「玄関にいないってことを、結城さんにメールしておこう……かな？　どうしよう」

昨夜、あんなことがあってから連絡を取っていない。とりあえず謝っておこうと直後にメールを送ったが、返事はなかった。返信してくれないほど怒っているのかと思うと泣きたくなる。

この場合、しばらくそっとしておいた方がいいのだろうか。立て続けに謝罪した方が気持ちが伝わるのだろうか。もし俊介からのメールを鬱陶しく思われていたら——というか、たぶんそう思われているんだが、そんなときに殴られた顔が腫れているから裏口担当になったなんて伝えたらもっと怒らせてしまうかもしれない。

「……やめておいた方がいいかな」

携帯端末をポケットから取り出そうとして、躊躇《ためら》う。

どうしよう、と悩んでいるうちに勤務時間となり、夜間勤務で若葉ビルに詰めていた同僚と交替した。二人一組で裏口に立ち、しばらくすると始業時間が近づいてくる。当たり前だが、正面玄関とはちがって裏口は閑散としている。ため息が出そうになって、慌てて気を引き締めた。

午前九時を過ぎたころに、社員食堂の職員がちらほらと姿を見せはじめた。食堂も外部の業者に委託されている。身分証明書を確認しながらビルの中に入れていると、一緒に裏口担当になっていた同僚が俊介の肩を叩いた。

「なんだ？」

振り返った先、同僚の肩越しに結城が立っているのが見えた。朝の挨拶ができなかったから、今日はじめて顔を見ることになる。ぐっと唇を引き結んでいたが、今日もきらきらしい結城に胸が躍った。

「おはようございます、結城さん」

「おはよう」

結城は睨むようにして見上げてきている。視線が湿布を貼ってある左頬に突きささるようだ。

「……そこ、腫れたのか」

「ああ、ええ、まあ……」

「悪かった」

結城が頭を下げてきたので、俊介は慌てて「待ってください」と腕を引いた。同僚が何事かと見ているし、警備室から清水が顔を出そうとしている。俊介に暴行を働いたのが結城だと知られるのは不本意だった。近くのトイレに結城を連れこみ、中が無人なのを確かめてから向き合った。

「結城さん、謝らないでください。これは自業自得というやつで、俺の方こそ謝らなくちゃいけないんだから」

「きっかけは君だが、理由がなんであれ暴力はいけない。俺は最低なことをした。その顔のせいで今朝は正面玄関にいなかったんだろう？　君の仕事に支障が出るようなことをしてしまって、本当に申し訳ない」

さっきよりも深々と頭を下げてきた。俊介はさらに慌てて、頭を上げさせる。

「俺の方こそ、昨夜は申し訳ありませんでした。とんでもない誤解をして、謝罪よりも先に場違いな発言をしてしまって、心から反省しています。すみませんでした」

俊介も負けじと腰から折って九十度近く頭を下げた。たっぷり二十秒ほど頭を下げてから、ゆっくりと姿勢を戻す。結城は目を伏せて、まだ口をへの字に歪《ゆが》めていた。不機嫌を隠そうともしない態度が、なんだか可愛い。だが昨夜で学習した俊介は、可愛いという言葉を封印することにした。

「その………メールに返事をしなくて悪かった」

「いえ、いいです。こうしてわざわざこんなところまで来てくれて、すごく嬉しいです。結城さんって誠実なんですね」

「せ、せ、誠実だと？」

結城の白い頬がみるみる赤くなっていくのに、俊介はぼうっと見惚れた。なんてきれいな変化なんだろう。ずっと見つめていたいほどだ。

「俺は別に誠実なんかじゃない。昨日の今日で姿が見えなければ気にするのは当然だろう。俺は人として当然の行為をしたまでだ」

「でも俺は嬉しいです」

「黙れ」

結城はピシッとしなるような声で命じた。俊介は従順に口を閉じる。ひとつ息をついて、結城が間合いを詰めてきた。

「腹はどうなっている？」

「えっ？」

「腹だ。俺が蹴った腹も腫れているのか？　見せてみろ」

「えっ、えっ？　大丈夫です。そんなにダメージは受けていないので……」

「見せろ」

結城はムキになったように迫ってきて、俊介の制服のベルトを外しにかかる。壁際に追い詰められた俊介は、ろくな抵抗ができていない。本気で押しのけようと思えば簡単にできるのだが、何度か摑んだことがある腕も肩も、細くて筋肉が薄いのを知っている。下手に抵抗したら結城にケガをさせてしまいそうだった。

だがさすがにズボンを下ろされ、腹を剝《む》き出しにされそうになって、焦った。

「ちょっ、ちょっと待ってください、結城さんっ」

「見せろって言っているだろう！」

「だから大丈夫ですって！」

ズボンが膝までずり落ちて下着が完全に露出してしまった。結城はなんとしてでも腹を見るぞと決意を固めているのか、屈んで覗きこんでいる。ふと、これがとんでもなく卑猥《ひわい》な体勢になっているのでは、と気づいてしまった。現在、色気はまったくないが。

ハッと息を飲んだ結城が、飛びのくようにして俊介から遠ざかる。顔が真っ赤だ。耳まで朱色に染めて、わなわなと唇を震わせている。自分がなにをしていたのか気づいたらしい。

「ご、ごめん！」

脱兎《だっと》のごとくトイレから駆けだして行ってしまった。残された俊介は、まるで強姦《ごうかん》されかけたような格好で茫然《ぼうぜん》とする。予想だにしない結城の行動に心から驚いたが、やはりぜんぜん嫌じゃなく、むしろもっとしてほしいと思った俊介だった。

◇

穴があったら入りたいという心境は、きっといまのような身悶《みもだ》えせずにいられないほどの羞恥に苛《さいな》まれて眩暈まで起こしそうなときのことを指すのだろう――。

涼一は自分のデスクに戻るなり、両手で顔を覆ってつっぷした。自分が信じられない。菅野のズボンを下ろして腹に頭を突っこむ勢いで壁に追い詰めていたなんて。

（あああぁぁぁぁぁっ！）

ここが職場でなかったら、腹の底から大声を上げてわめきたい。

今朝の出勤時、ビルの正面玄関に菅野の姿がなかったので、気になってたまらなくて、警備員室まで行ってみた。もし涼一の暴力のせいで休みを取っていたらどうしようと思ったのだ。そうしたら、裏口にいた。休んでいなかったのはいいが、左頬には湿布が貼られていて愕然とした。あきらかに自分が殴ったせいだ。

目の前が真っ暗になるほどのショックだった。暴力とは無縁の生活を送ってきたから、自分の拳がこんな結果を招くなんて想像もしていなかったのだ。申し訳なくて情けなくて、真剣に菅野を見つめるあまり変な目つきになっていたような気がする。

顔が腫れているのだから、蹴った腹はどうなっているのだろう。そう気になったのは当然だ。自分の目で確かめたくて菅野の服を強引に脱がしにかかってしまった。頭に血が上っていたのだ。そんなときは、衝動的に動くものじゃない。あとで襲ってくるのは後悔だけだ。

「係長、どうされました？」

近藤の声に、のろのろと顔を上げる。傍らから、心配そうに顔を覗きこんできていた。

「具合でも悪いんですか？」

「……すこし、頭が痛いだけだ。大丈夫」

「あたし、頭痛によく効く薬を持っていますよ。飲んでみますか？」

「いや、いい。すぐに治まると思う」

顔を上げると心配そうな近藤が目に入り、嘘をついた罪悪感でまた落ちこみそうになる。正直に大失敗をしたせいで脱力していると言うべきだったか。

「気を遣わせてすまない。もう大丈夫だから、仕事に戻って」

近藤を席に戻らせると、涼一は深呼吸してからPC《パソコン》に向き直った。プライベートを引きずって仕事の効率を悪くしてはいけない。年度末のピークはまだ過ぎていないのだ。できれば深夜までの残業は避けたい。

それからはなんとか目の前の仕事にだけ集中して、夜まで乗りきった。ここのところ常態化してしまっている三時間の残業を終えて、残っていた部下たちとともに会社を出た。いつものように電車に乗り、自宅最寄り駅で降りる。駅前ロータリーの片隅には、当然のように長身の男が立っていた。

左頬の湿布についつい目が引き寄せられる。見た目には朝ほど腫れていないようだが、剝がしたら変色しているのかもしれない。罪悪感に自分の表情が固くなるのがわかる。その直後に今朝の失態が脳裏によみがえり、涼一は恥ずかしさのあまり頰が熱くなるのを感じた。

「お帰りなさい」

菅野はにこっと笑った。左頬が引きつったように見えたのは気のせいじゃない。

「……もう来なくていい」

ため息とともにぼそりと告げたが、菅野は「どうしてですか」なんて空気が読めないふりをする。

昨夜、あまり眠れなかったうえに今朝のあれこれがあって一日中気を張っていた。今日はいつもより疲れていて、菅野の相手をする元気が残っていない。返事をせずに横を通り過ぎ、マンションへの道を歩き出した。菅野がすぐについてきたが、振り向かなかった。

そのまま無言で夜道を進む。静かな住宅街に、涼一の革靴が立てる足音だけが響いた。菅野はスニーカーを履いているので音はしない。だが気配は離れることなく、ずっと背後にある。

菅野も無言だ。なにも言わない。涼一に言いたいことがあるだろうに、なぜなにも言わないのか。

そのうち声をかけてくるかと待っていたが、数分たっても黙ったままだ。

もうマンションが見えてきてしまう。

待ち切れずに、涼一は足を止めて振り返った。菅野は「おっと」と意表を突かれたような顔になって立ち止まる。二日連続で藤崎がベランダから下を見ることなんてないだろうが、間違っても会話が聞こえないように、わざとマンションから距離を置いてみた。

「俺になにか言いたいことがあるんじゃないのか」

「言いたいこと、ですか。まあ、いくつかありますけど……」

やっぱり、と涼一はひとつ息をつく。言いたいことがあるならさっさと言えと怒鳴りたくなるのを堪えて、じっと菅野を見上げた。

「ほら、言え」

「………怒りませんか」

「俺を怒らせるようなことをまた言うつもりか」

「いえ、怒らせる気はまったくありません。ただ、結城さんがどんな反応をするか、俺には未知数というかなんというか」

いったいなにを言う気なのか、涼一は首を傾げた。菅野はもじもじと両手の指を下腹のあたりで絡めている。苛つくしぐさだ。十代の女の子じゃあるまいし——と内心で悪態をつくと同時にハッとする。

そうだ、この男は自分に気があるかもしれないのだった。まさか告白？　いやそんな、そういう雰囲気ではないだろう。昨日、失言に激怒されて涼一に殴られて蹴られたばかりだ。あんな目にあっておいて、このタイミングで告白はないだろう。きっと笠井についてのことだ。または、今朝の一階トイレでの妙な場面を清水に目撃されてしまったとかで、上司になにか言われたのかもしれない。

いくらなんでもこんなところで、涼一がゲイかどうかの証拠もないのに告白なんてしてこないだろう。気があるかも、というのも涼一がそんな空気を感じただけのことで、それこそ証拠なんかない。

「わかった。怒らない。いまならなんでも聞いてやるから、言ってみろ」

下手に出なければならないのはこっちだという自覚があるから促したが、この態度はまったく下手に出ていないことに本人は気づいていない。

菅野は視線をさ迷わせ、しばし逡巡する様子を見せてから、内緒話のような音量で告げてきた。

「お腹は痣《あざ》になっていません」

なんだそれはーっ！

心の中で絶叫してしまった涼一だ。怒らないと言った手前、馬鹿野郎なんて言葉を投げつけるわけにはいかない。なぜなのかまったくわからないが、顔が熱くなってくるし。

「アウターの上からだったし、とっさに腹筋を締めたので、大丈夫でした」

「そ、それは、今朝の俺の行動について、非難しているのか……」

「いえ、報告です。知りたいかなと思って。あ、見ます？」

「見ない！」

「結城さん、真っ赤です。可愛い……」

「可愛い言うな！」

「すみません」

菅野はすぐに謝ったが、顔がぜんぜん反省していない。蕩《とろ》けそうな笑顔になっていて、昨夜のように拳で消し去りたい衝動が生まれたが我慢した。

「……あ、痣になっていないのなら、よかった……」

それだけの言葉を搾り出して、なんとか体裁を整えるのが精一杯だった。まさか愛の告白かと構えてしまった十数秒前の自分を消し去りたい。自意識過剰だ。恥ずかしすぎる。

「俺、明日も明後日《あさって》も、そのあともずっと駅まで来ます。結城さんが心配だから。俺が好きでやっていることなんで、負担に思わないでくださいね。だから、もう来なくていいなんて言わないでください」

そういうことを言うから、恋愛的な意味で好かれているのかなと思ってしまうのだ。もっと別の言い方があるだろう、と諭したところで、また「なにがいけないんですか」と聞かれてしまうのがオチだと予想できるから、なにも言えない。

「君に夜間勤務はないのか」

「大丈夫です。シフトの希望は出してあるので」

「こんな用事で夜勤しないなんて、社内で評価が下がるんじゃないか？」

「みんなそれぞれ事情があるのは当然です。スガノ警備は社員を第一に考えていますから、これしきのことでマイナスなんてつけないですよ。俺の立場まで考えてくれるんですね。ありがとうございます！」

「いや、礼を言うのは俺の方だし……」

涼一はまたため息をついた。菅野と話しているとすべてがポジティブすぎて、自分の方が間違っているように思えてくる。これが感化されるということなのだろうか。菅野が唯一、楽観視していないのが笠井のことだ。菅野の目から見て、笠井はそれほど危険な人物なのかもしれない。涼一にも危機感はあるが、菅野が抱いているそれと比べたらかなりちいさなもののようだ。

「ずっと警戒しなければならないほど、笠井部長はヤバそうってことなのか？」

「俺はそう思っています」

「うーん、でも……」

「あれからまだ一週間しかたっていないんですよ。警戒を緩めちゃいけません！」

まだ一週間と考えるか、もう一週間と考えるか。涼一と菅野の感覚には隔たりがある。

おなじような問答を先週もやったが、そのときとは涼一の心境が変わっているのかもしれない。菅野の忠告を聞いた方がいいような気持ちになっていた。酔ったり怒ったり殴ったり蹴ったり腹に頭を突っこもうとしたりした涼一の奇行を、菅野がたいした問題ととらえずに流してくれたからかもしれない。五つも年下のくせに意外な器の広さを見せられて、信頼を寄せはじめている。

「部長は、またなにかやらかしそうに見えるってこと？」

「そうです。俺にはわかるんです」

きっぱりと言い切る菅野は立派な専門家にしか見えない。菅野がそれほどまで言うのなら、いっそのこと——。

「スガノ警備にボディガートを担当する部署があっただろう。部長がそんなに危険なら、俺がそこに正式に依頼した方が……」

「それはダメです。俺は警備部に所属しているので、結城さんがそんなところにガードの依頼をしたら、俺以外の社員が来ちゃうじゃないですか！　それにけっこう、費用がかかりますよ」

菅野が真顔になって「高いですよ」と迫ってきたので、涼一は依頼しないと言わざるを得なくなる。

たぶん菅野が一番主張したかったのは「俺以外の社員が来ちゃう」という点だろうが、経済的に負担が大きいのは困る。菅野が好意で来てくれる分には無料なのだ。ここは菅野に甘えてしまった方が涼一の懐は痛まない。

「わかった。ボディガードは依頼しない」

「それがいいです」

菅野はホッとしたように口元を緩める。

だからといって甘えっぱなしというのも申し訳ないから、またなにか奢ってやろうか。

「菅野君が嫌じゃなければ、また飲みに行くか？」

「行きます！」

なぜか菅野はぴしっと背筋を正して返事をした。とりあえず週末にまた行こうと約束して、マンションの前で別れた。エレベーターに乗ってから何気なく腕時計を見てびっくりする。意外と長く立ち話をしていたようだ。そんなつもりはなかったのに。

「まあ、立ち話をしていても足元が冷える季節じゃなくなったんだろうな……」

涼一はだれも聞いていないのに、わざとらしく声に出してひとりごちた。菅野との会話がわりと楽しかったからかもなんて、絶対に認めたくなかったからだ。

◇

菅野はふんふんと下手な鼻歌をうたいながら外出のためのしたくをしていた。高層マンションの窓からは東京湾が見える。夕日は見えないが、西の空がほんのりと夕焼け色になっているのはわかった。

クローゼットに備えつけの鏡に全身をうつし、平凡な二十四歳に見えるかどうかチェックする。ボタンダウンのコットンシャツの上に春らしい明るい色のセーターを着て、ベージュのショートコートを羽織る。ボトムはデニムと決まっていた。下手におしゃれ感を出すと、結城に不審に思われかねない。

「よし、これでいい」

ベッドルームから出て、リビングに移動する。こちらには特大サイズの窓があり、ベイブリッジが見えた。父親に言わせるとバブル感がある夜景付きの部屋らしいが、あいにくと俊介はバブルなんて経験していないのでわからない。この夜景は気に入っているが。

「いつか、ここに結城さんを連れてきたいな」

社会人一年目の平警備員というのは仮の姿。じつはスガノ警備の社長子息で、社員寮に部屋はあるが、学生時代から自分名義の高層マンションに住んでいるなんて、まだ結城には知られたくない。絶対に引かれる。過去に何度も人間関係でそういうことがあった。だから慎重になっている。

いつか結城にすべてを打ち明けたいが、それはいまではない。もっと親しくなって、できれば愛し合えるようになってから、この部屋に連れてきて話したい。そんなに遠い日ではないような気がする。いい感触がしているのだ。結城は俊介を特別な存在だと思いはじめている――と思う。

「弱気になるな、俺。大丈夫、努力は必ず報われる！」

自分自身を鼓舞してから、時間を確認した。今日も結城は残業だろうから、まだここを出るのは早い。でもじっとしていられないので、どこかでうろうろして時間を潰しながら行こうかなと考えていると、コートのポケットに入れようとした携帯端末が震えた。

「あれ？」

結城からメールが来た。週末の飲み会についてかなとワクワクしながら開いてみて「えっ」と声を上げてしまった。

『今日の送りはいらない。帰宅時に寄るところがあるから、いつもの路線を使わない』

それだけが書いてあった。

「えっ、えっ？　どういうこと？　寄るところってどこ？」

そんな話、昨夜まではまったくしていなかったのに。もしかして急に会社の同僚と食事に行くことになったとか、そういうことだろうか。だったらその店まで迎えに行く。

詳しいことが知りたくて、俊介は結城に電話をかけた。いまメールが届いたということは、携帯端末を触れる状況だということだ。思った通りコール音一回で結城が応答してくれた。

『もしもし』

「結城さん、どういうことですか？」

『寄るところがあるんだよ』

「昨日まではそんなこと言っていませんでしたけど」

『うん、忘れていてね。家に帰ってから思い出して……』

結城は歩きながら話をしているようで、足音がコツコツと聞こえていた。この響き方には聞き覚えがある。まさかいま若葉ビルを出るところなんだろうか。

「待ってください、結城さん。そこから動かないでください。いま迎えに行きます！」

『へ？　動くなって……俺がいまどこにいるかわかっているのか？』

「会社から出るところでしょう」

『そうだけど……。よくわかったな』

「いまから行きますから、本当に。待っててください。その寄るところという場所まで送りますし、用事が済んだら迎えに行きます」

通話状態のまま慌てて玄関へと走る。スニーカーに足を突っこみ、玄関を飛び出した。

『そこまでしなくていいよ。行くのは病院だし』

「えっ、病院？　どこか悪いんですか？」

驚きのあまり閉まったままのエレベーターの扉に顔面から激突するところだった。すんでのところで踏みとどまって、ボタンを押す。離れた階に箱が止まっていたらしく、なかなか到着しない。いつもはスムーズに移動してきてくれるエレベーターが、とんでもなくのろまに思えて苛ついた。

ポーンと軽い電子音とともにエレベーターの扉が開く。飛び乗ってすぐに一階のボタンを押した。

『俺はどこも悪くない、義父がね、今日から一泊で検査入院しているんだ。様子を見に行きたくて』

「ああ、お義父さんですか」

なんだ、と胸を撫で下ろす。結城の体調が悪いことにまったく気づけなかったのかと、自分を責めるところだった。結城は立ち止まったらしくて、靴音は聞こえなくなった。俊介を待つつもりになってくれたのか、それとも会話に集中したせいで足が止まったのかはわからない。

『検査入院については、もう一カ月も前から予定されていたことなんだ。いままでも精密検査のために入院したことはあって、忘れたことなんてなかったのに、昨日の夜に義父に言われるまですっかり忘れていて、ショックだった……』

結城は落ちこんでいるような暗い口調だ。そういえば、今朝の出勤時、いつもより笑顔が固かったような気がする。俊介は結城の顔を見られただけで舞い上がってしまうので、その点を深く考えてはいなかった。

「そんなの、年度末で仕事が忙しいときですし、検査のための入院なら非常事態でもないんですから、忘れることだってあるでしょう？」

『いままで忘れたことなんてなかったんだよ。あの人の大切なことなのに……』

ぎょっとした。義理の父親のことを、結城は「あの人」と言った。そこにどんな意味があるのか、怖くて掘り下げたくない。エレベーターが一階に到着した。広いエントランスホールにはコンシェルジュが常駐していて、警備員も立っている。電話をしながら、俊介はコンシェルジュにジェスチャーでタクシーを呼ぶように頼んだ。

「一泊で帰ってくるんですよね？」

『うん、そう。明日には帰ってくるってわかっているんだけど、顔を見て様子を窺いたい。わざわざ顔を出したら、きっと笑われると思う。それでも、忘れていたことがなんだか申し訳なくて』

近藤からの情報だと、結城は一人っ子だ。母親が亡くなったいま、家族は義理の父親だけ。きっとものすごく大事な家族なんだと、俊介は思うことにした。父親とはいえ血の繋がりがないから、「あの人」と口にしてしまったにすぎない。深い意味なんてない。きっと。

『それに、検査結果が悪かったらどうしようって、考えたくないのに考えてしまうんだ』

きっと大丈夫ですよ、なんて無責任な気休めは言えない。

「……とりあえずいますぐ行きますから、待っていてください」

わかった、と結城は返事をして通話を切った。エントランスの外に出て、タクシーが来るのを待つ。五分と待たずに見慣れた塗装のセダンが目の前に停車した。運転手に行き先を告げて、後部座席のシートに座り、じっと前を見る。すこし道路が混雑していたが、それでも距離的に近いのでそんなにかからずに丸の内に近づいた。タクシーを若葉ビルに横付けなんかしたら結城に怪訝な目で見られそうなので、離れたところに停車してもらう。タクシーを降りてからは走った。

結城はビルの正面玄関の横に、ぽつんと立っていた。

「お待たせしました」

声をかけると、弾かれたように振り返る。俊介を見て安堵したような目になった。

「お義父さんが入院しているのは、どこの病院ですか？」

目を伏せて、ちょっとだけ躊躇ってから告げられたのは、有名な大学病院だった。俊介も場所を知っている。ここからなら電車で行けるだろう。

「じゃあ、行きましょうか」

「……そこまで付き合ってくれるのか？」

「もちろんです。そのために急いで来たんです」

俊介がきっぱりと言い切っても、結城はまだ歩きださない。

「お義父さんに会いに行きたいんですよね。だったら行きましょうよ。俺は、病室までは行きませんから。外で待っています」

「……廊下まで入っていたらどうかな……」

「わかりました」

結城の提案に頷き、結城の背中をそっと押す。やっと歩きだした結城とともに駅へと向かった。

移動中、結城は無口だった。憂いをたたえた横顔はとても儚《はかな》く美しく見えて、心からきれいだなと思う。思うが、さすがに言葉にはしなかった。

一度乗り換えて、三十分ほどで大学病院に到着した。当然のことながら一般診療は終わっていて、正面玄関は照明も消されて閉まっている。救急搬送用の出入り口と、入院病棟の出入り口だけに皓皓《こうこう》と明かりがついていた。

俊介は病棟への途中にある、関所のようなナースステーションの手前で待っていることにした。結城が一人で奥へと入っていくのを見送る。その背中がとても心細そうに見えて、支えてあげたいと真剣に思った。

いつのまに、結城への気持ちがここまで大きくなっていたのだろう。

一目惚れだったのは嘘ではないが、最初は朝の挨拶しかできないアイドルへの憧れに近かったような気がする。半年もたってから、思わぬ秘密を共有することになって親しくなって、結城のいろいろな面に触れた。きれいなだけじゃない、生身の結城に接して、俊介の気持ちは目減りするどころか大きく濃くなっていったのだ。知れば知るほど結城は魅力的な人で、どんどん好きになっている。

だからこそ、こうして結城を見送るしかない自分に苛立ちを感じる。

義父を「あの人」と呼んだ結城。藤崎という名前の「あの人」の顔を見てみたい欲求があるが、結城の許可を得ずにそんなことをしたら、また怒らせてしまうだろう。怒らせるだけならまだいい。嫌われたら大変だ。

「いったい、どんな人なんだろうな……」

結城の義父がものすごく気になるが、いまはまだ会わせてほしいとは言えない雰囲気だから、我慢だ。きっとそのうち紹介してもらえるだろう。その日が来ることを願うしかない。

◇

まだ消灯時間ではないので、入院病棟には明かりがともっている。

涼一はナースステーションで教えてもらった藤崎がいる病室にたどり着き、スライドドアの横にあるネームプレートで義父の名前を確認した。四人部屋らしいが、入院しているのは藤崎を含めて二人だけだ。そっとドアを開けて、中を覗く。空いているふたつのベッドと、人が使っている様子はあるが無人のベッド、そして藤崎がいるベッドが視界に入った。

「おや、来たのかい」

藤崎はベッドヘッドにもたれるようにして上体を起こし、スタンドの明かりで本を読んでいた。すぐに涼一に気づいて苦笑を向けてくる。来なくてもいいと言われていたから、機嫌を損ねるかもと危惧していたが、藤崎はやはり涼一には甘かった。

「ちゃんと明日には退院して帰るよ」

「わかっています」

涼一は神妙な顔で中に入り、ベッドサイドに立つ。病院の入院患者用の服を着た藤崎は、穏やかな目で見上げてきた。わざわざここまで来たのだから、なにか用事を作ってこればよかったと、いまさらながら自分の不器用さにため息をつきたくなる。

「………なにか、困ったことはありませんか」

口から出たのは、長期入院している患者に言うべきセリフだった。明日には帰る予定の藤崎には、あまり関係ない。

「とくにないね。君は？」

「えっ……」

「なにか困ったことは？」

からかうような口調でそんなことを聞き返され、涼一はどう答えればいいのかわからない。つくづくアドリブに弱いのだ。

「今夜の食事は用意していないからね。どこかで食べて帰りなさい」

「あ、はい」

頷いてから、待たせている菅野のことを思い出す。ここまでついてきてくれた礼に、奢ろうか。週末にまた飲む約束をしているが、それとは別に。

さっき、菅野が若葉ビルまで来てくれたとき、ものすごく嬉しかった。彼の顔を見て、ホッとしたのだ。予想した通り、菅野は背中を押してくれた。行きたいなら行った方がいいと、菅野がすこし強引に促してくれなかったら、涼一はたぶんいまごろまだ迷っていただろう。

「検査の結果は一週間後だ。どういう結果が出ても、私は大丈夫だよ。でもまあ、たぶん再発はしていないと思う。そんな気がするんだ」

藤崎は軽い口調でさらりと言い、涼一の腕をポンと叩いた。

そこで病室のドアが開いて、藤崎と同年代くらいの年輩の男が入ってくる。入院着を身につけた男は、涼一を見て会釈してきた。同室の入院患者らしい。

「私の息子です」

藤崎がそう紹介してくれたので、涼一は「義父がお世話になっています」と頭を下げた。

「そろそろ消灯だ。もう帰りなさい」

「……はい」

「明日は迎えに来なくていいからね」

本当は迎えに来たい気持ちがあるが、途中で会社を抜け出したら残業がさらに酷《ひど》くなることが予想される。部下への負担も考えるとやめておいた方がいいだろう。

涼一は頷いて「おやすみなさい」と病室を出た。静かな廊下をゆっくりと歩き、ナースステーションの中の看護師に礼を言ってから出入り口に向かった。菅野が暇そうに壁に寄り掛かって立っていた。

「あ、終わりました？」

「うん。ありがとう」

「いや、俺はなんにもしていないですから」

ニッと明るく笑う菅野が眩しい。年下のくせに頼りがいがあってどうするのだ。困る。非常に困る。だが内心の葛藤を菅野ごときに悟られるわけにはいかない。恥ずかしいからだ。

「君は急いで帰らなくちゃならないか？」

「いえ、とくに用事はないです。帰って寝るだけなんで」

「夕食は、もう食べたのか？」

「まだです」

「じゃあ、どこかへ食べに行こう」

「結城さんと一緒にですか？」

「なんだ、俺と一緒じゃ不満か」

「まさか、まさか、そんなことあるわけないでしょう！　行きます！　どこへでも！」

どこまで行くつもりだ。

「今日は割り勘ですよ」

「病院までついてきてくれた礼に奢ろうかと思っていたんだが……」

「いえ、割り勘でいいです。礼なんかいりませんから」

「………」

涼一は礼のつもりで誘ったわけだし、五つも年下の菅野と割り勘なんてしたくない。支払いはこっそり店員にカードを渡してしまえばいいかなと考える。そのためには酔い潰れてはダメだ。ちゃんとセーブしようと心に誓う。

駅への道をたどるあいだに、二人でどこへ行くか話し合った。結局は、前回飲みに行った界隈《かいわい》に決まった。涼一が帰りやすい場所がいいと菅野が主張したからだ。ここでも涼一は甘やかされているなと思う。

店は菅野が選んだ。老舗のイタリアンらしいが、涼一は入ったことがない。

「グルメサイトに載っていたんですよ。一度来たいと思っていたから」

一人では絶対に入らないような、おしゃれな外観の建物だった。平日の夜だが店内はそこそこ混んでいた。そして八割方が女性客だった。

長身の菅野とスーツ姿の涼一が中に入ったとたんに、女性客たちの視線が集まってくる。にわかに帰りたくなったが、菅野はご機嫌で店員に案内されるまま奥へと進んでしまった。仕方がないのでついていく。店員が気をきかせてくれたのか、観葉植物が障害物となってくれそうな隅のテーブルへと促された。女性客たちの視線が気になる涼一とちがって、菅野はまったく気にしていない様子だ。席につくと目を輝かせながらワインリストを眺める。

「結城さん、好きな銘柄ってありますか?」

「ワインは詳しくない。君が好きなものを選んでくれ」

「わかりました。口当たりがよさそうなところをチョイスしますね」

店員の中でソムリエの資格を有するものがいるらしく、菅野はテーブルまで呼び寄せた。オーダーしたい料理との相性などを聞き、てきぱきと決めていく。とても慣れた態度だ。去年まで学生だったとは思えないほど堂々としている。生意気にも、菅野はこういう店にしょっちゅう出入りしているのだろうか。

「とりあえず、こんなところで」

「かしこまりました」

メニューを店員に渡し、菅野が涼一に向き直る。得意げな表情をしているわけでもないことから、やはり場馴れしているのだなと思った。

「ワインが好きなのか」

「ものすごく好きってわけじゃないんですけど、ここのワインセラーは充実してるって聞いていたから、どれほどのものなのかなと思って」

「菅野は遊び人だったんだな」

「遊び人?」

「社会人一年目のくせして場慣れしているみたいだから、いまにはじまったことじゃなく、そうとうチャラチャラした学生だったんじゃないかと想像したわけだ」

「ええーっ、それはないです。まあ確かに人並みに友達と遊びはしましたけど、きちんと勉強もしましたよ。道場に通うだけでも忙しかったし」

菅野は焦った感じで遊び人説を否定してくる。

「俺の親父がわりと食道楽で、子供のころからあちこち連れていかされていたんで、結城さんにはそう見えたのかもしれないです」

「菅野のお父さん……」

そういえば、菅野の家族について詳しく聞いたことがなかった。先週居酒屋に行ったとき、雑談の中で兄がいるという話は聞いた。二人兄弟で末っ子なわけだ。どうりで犬っぽい性格だと思った、とそのときは酔いながらも納得した覚えがある。

「お父さんはどんな方なんだ？」

「どんな…って、そうだな、厳しい人ですよ。空手と柔道の師範ですからね。俺に武道のなんたるかを教えてくれたのは父親です」

「想像できないな。父親が師匠って」

「まあ、普通はそうですよね」

「じゃあ、君が通っていたという道場を経営しているのがお父さんなんだ？」

「えっ…と、そんな感じです」

菅野は曖昧に笑って頷いた。珍しくはっきり答えないのは、なにか事情があるのだろうか。もしかして、道場の収入だけでは家庭を支えられなくて、母親が苦労しているとかなんとか。

それぞれ話したくない事情はあって当然だから、涼一はもう父親について聞くのはやめた。

「お兄さんはなにをしているんだ？」

「父の手伝いです」

「えっ……」

それはまた——なんとも返事のしようがない。これは、母親が苦労してそうだ。菅野は社員寮暮らしだし、給料の大半を実家に仕送りしているのかも、と涼一はその苦労を思って同情した。自分の収入が藤崎を支えているという現状に、菅野を重ねてしまったのだ。やはり今夜も奢るべきだと、涼一は秘かに心を決める。

そんな話をしているうちにソムリエがワインボトルを手に近寄ってきた。目の前で栓を開けてくれて、グラスにきれいな赤い色のワインを注いでくれる。すぐに料理も来た。野菜の色が鮮やかなサラダを目にして、ここ数年、こんなふうに目で楽しむような料理を出す店に来ていなかったことを思い出す。就職してから、自宅と職場の往復だけだった。たまに同僚と飲みに行ったとしても、居酒屋だ。学生時代、女の子と付き合っていたときは、こんな感じの店にも出入りしていたが、はるか昔のような気がする。ほんの八年くらい前のことなのに。

意外と新鮮な気持ちでイタリアンを楽しむことができた。ここを選んでくれた菅野に感謝しなければならない。

藤崎の検査入院の件で沈んでいた気分が、美味しいワインと料理で浮上していく。涼一は自分で気づかないうちに、笑顔になっていた。菅野がずっと笑顔だから、違和を感じなかったせいだ。

「結城さんの家族のことを聞いてもいいですか」

お腹が満ちてきて、いくぶんアルコールも回ったころに、菅野がそっと訊ねてきた。藤崎を見舞った前後に聞かれていたらイラッとして、おまえには関係ないことだから聞くなと腹を立てていたかもしれない。だがいまは、自分が菅野の家族のことを聞きたくなったように、菅野も聞きたいのかなと思うくらいには心に余裕ができていた。

「……なに？」

「いま一緒に住んでいるのが亡くなったお母さんの再婚相手だというのはわかりました。本当のお父さんは？」

周囲を気遣うように音量を抑えていたが、とくにこちらに注意を向けている客はいない。男同士の客を珍しがっていたのは最初の十分くらいだけだった。

「俺の血縁上の父親は、たぶんどこかで生きているんじゃないのかな。どこに住んでいるのか知らないけど」

「亡くなったんじゃないんですか」

「んー、死んだっていう話はウワサでも聞かないな」

他人事《ひとごと》のようにさらりとそう口にしたら、菅野がびっくりしていた。涼一は苦笑するしかない。

「俺の両親は、俺がまだ二歳くらいのときに離婚していて、ほとんど父親の記憶がないんだ。残っている写真も少ないし……。なんかね、ふわふわした人だったみたい」

「ふわふわ？」

「顔は俺そっくりだったって」

あははは、と涼一は笑った。もうずいぶん前に亡くなったが、母方の祖母によく言われた。

『おまえは本当に父親によく似た顔をしているね』

あまりいい感情をこめられていないその言い方に、幼いながらも涼一は傷ついた。母親はめったに父親の話はしなかったが、祖母が言うには浮気癖があったらしい。あまり男臭くない容姿で女性に警戒心を抱かせず、容易に近づけることができたとか、愚痴のようにそうこぼしていた。

『涼一はそんな男になるんじゃないよ』

どうやら一人娘を不幸にさせた恨みがあるらしかった。それはそうだろう。祖母の気持ちはわかる。だから母親が再婚を決めたとき、涼一は祖母の位牌《いはい》に真っ先に報告した。『今度の相手は、ものすごく誠実そうだよ。だから母さんは絶対に幸せになるから』と。

「事実、再婚後の母はとても幸せそうだった。こっちが恥ずかしくなるくらいにべったりで」

「そうだったんですね……」

「こんな話をしたの、君がはじめてだよ」

ふっと笑って視線を上げたら、菅野が目を真っ赤にして潤ませていた。

「えっ？　菅野君？」

「結城さん、頑張ったんですね。お祖母さんとお母さんの期待に応えて、真面目に生きてきたんでしょう？　やっぱり、あなたは素晴らしい人です」

「ちょっと、おい、やめろよ」

菅野の声が大きくなっている。こんどは涼一が周囲を気にした。

「お母さんは幸せだったと思います。それは再婚したからじゃない。あなたのような立派な息子がいたからです。息子に支えられて生きてきて、それで藤崎さんという人にめぐり会えて再婚できたんです。結城さんがいなかったら、お母さんはどうなっていたかわかりませんよ」

「菅野君……」

「そしていまは、結城さんがお義父さんを支えているんですよね。すごいです。だれにも真似できることじゃありません。あなたはすごい人です」

「……ありがとう」

照れ臭かったが、ストレートに称賛を贈られて嬉しかった。たしかに涼一は頑張ってきた。祖母の期待に応えようと真面目に勉強したし、祖母が亡くなってからも母親にいらぬ心配をかけたくなくて優等生を貫いた。それを藤崎には見抜かれていて、「そんなに頑張らなくてもいいんだよ」と言われたことがあるが、こんなふうに手放しで絶賛されたのははじめてだった。

ご機嫌になった涼一は、ワインをそれからグラスに二杯も飲んでしまい、前回よりも酔ってしまったのだった。

◇

「本当にいいんですか？」

俊介はもう何度目かわからないくらい確認している。目の前に立った結城は、「しつこいな」と可愛らしく唇を尖らせた。やはり酔った結城はラブリーだ。

「いいって言ってるだろう。もう、うるさいっ」

「でも、でも本当にいいのかなって……。だって、結城さんの自宅に入ってもいいなんて、夢のようなんですけど！」

「静かにしろ。何時だと思ってんだ」

「すみません……」

静かな内廊下にカチッとロックが外れる音がした。結城が玄関ドアを開けると、オレンジ色の照明が点灯している玄関内部が見えてくる。たたきには男性用のサンダルが一組あるだけで、ほかにはなにも出ていない。きっとシューズボックスにすべて片づけてあるのだろう。廊下にも余計なものはなにも置かれていなくてすっきりとしていた。男所帯だとは思えない。義父と二人暮らしだと聞いていなかったら、きれい好きの妻でもいるのかとショックを受けるところだっただろう。

「どうぞ」

結城に促されて俊介も中に入る。スニーカーを脱いで、廊下を歩いていく結城についていった。リビングダイニングも、きれいに整理整頓されている。だが殺風景というほどではない。どことなく家庭っぽいあたたかさが感じられた。これはきっと暮らしている人間の性格のなせるわざだろう。悔しいが、結城と藤崎は二人でゆったりと満たされた生活をしているのがわかる。

「なにか飲むか？」

そう言いながら、結城がふらふらとキッチンへと歩いていったので、俊介は慌てて追いかけた。

「なにもいりません。結城さん、座ってください。危ないです」

「もう酔いは醒めたってば」

「いえ、醒めていません」

素面《しらふ》だったら俊介を自宅に招待なんかしなかっただろう。結城が酔っているとわかっていて、俊介は誘いに乗ってしまった。店からここまで、結城は俊介の支えがないとまっすぐ歩けないほどだったのだ。明日になってから俊介を家に入れたことを後悔するかもしれない。最悪のパターンが予想されていながらも、ついてきた。結城がどんなところに住んでいるのか、見てみたいという好奇心に勝てなかった。義父とどんな生活をしているのか、気になって気になってたまらなかったのだ。

結城を抱えるようにしてリビングのソファまで連れていき、座らせる。

「水が欲しい……」

「わかりました。冷蔵庫の中、見ますよ」

一応、ことわってから冷蔵庫を開けて、水のペットボトルを見つけた。コップを食器棚から拝借して、結城のところへ持っていく。

「結城さん？」

結城は軟体動物になってしまったようで、ソファにぐにゃりと横たわっていた。変な格好だ。このままではどこかを痛めそうなので、俊介は両脚を持ち上げてソファに乗せ、横たわらせた。片手がだらりと床に落ちたので、そっと摑んで腹の上に置く。まったく反応しないところを見ると、完全に寝てしまったようだ。そっと眼鏡を外してローテーブルに置いた。眼鏡がない顔をはじめて見た。酔って寝ているだけなのに、結城は美しい。眼鏡ナシの起きている顔を見てみたいと、心から思った。白雪姫みたいだ——なんて腐ったことを呟いたと結城が知ったら、きっと怒られるだろう。

「結城さん」

もう一回、名前を呼んでみた。無反応だ。すこし触れたくらいでは、きっと起きないだろう。

俊介はほかにだれもいないと知っているのに、つい周囲をきょろきょろと見回した。結城の寝顔をじっと凝視して、ごくりと生唾を飲む。大胆なことをしようとしている。卑怯《ひきょう》だとも言う。でもいましかチャンスはない。起きているときの結城に、決してこんなことはできないからだ。

俊介は息を止めて結城の上に覆いかぶさった。桜色の唇に、自分の唇をゆっくりと押しあてる。触れただけなのに、背筋をびりびりするような快感が走った。勃起しそうになって、慌てて離れる。

（ヤバい。俺のスイッチ、この人になっちゃったみたい……）

触れるだけのキスでこんな感じになるなんてチェリーボーイかよ、と突っこみたくなる。

だがこのときめきと臆病さ、慎重さは、まさにチェリーボーイだ。それなりにモテてきたが、本気

の相手の前では過去の経験はまるで意味をなさないと思い知らされた。

すごくきれいで頭の回転もよさそうなのにどこか不器用。意地っ張りなところもあって、人の腹に顔を突っこもうとするようなお茶目なところもある。

(真っ赤になった結城さん、すっっっっごく、可愛かったなぁ)

あのときは、あまりの可愛らしさに、動けなくなるくらいの衝撃を受けたのだ。

ああ、好きだ……と、つくづく思う。

(この人に振られたら、俺、どうなるんだろう。再起不能になるんじゃないかな)

悲しい予感が不意にこみあげてきて、いやそんなことは考えちゃダメだと、頭を左右にぶんぶんと振り回した。

この人を魔の手から守るのだ。そして信頼を得る。その後、タイミングをみて、告白をする。

大丈夫、勝算はある。本人に確かめてはいないが、結城はたぶんゲイだ。女性全般に対して、恋愛対象として見ていないのではないかという、近藤の意見もある。

会うたびに結城がすこしずつ気を許して好感を抱いてくれているのが伝わってきていた。今日は病院までの同行を許してくれたし、酔って判断力が鈍くなっていたとはいえ、自宅にも上げてもらえた。

義父に特別な感情を抱いているようだが、実際にそんな関係にはなっていないと思う。ずっと母子家庭だったようだから、年上の男に憧れがあって、義父に憧憬を抱いているだけにちがいない。

(結城さん、俺にしておいた方がいいですよ。俺、なんでもします。頑張ります。だから、好きになってください……）

俊介は結城の寝顔を見つめながら、心の中で祈るようにそう繰り返していた。

◇

酔っ払って前後不覚になるなんて、いい大人のすることじゃない。

涼一はいつもの通勤路を歩きながらため息をついた。職場の若葉ビルが見えてくると、眉間の皺が深くなる。菅野は正面玄関に立っているだろうか。きっと立っているだろう。いまから顔を合わせなければならない。気が重かった。

今朝、涼一はリビングのソファで目が覚めた。体には毛布がかけられていて、外された眼鏡はローテーブルの上に置かれていた。その近くにはメモ用紙が一枚あって、角ばった大きな字で結城への伝言が書かれていた。

『結城さんへ。早朝シフトが入っているので、起こさずに帰ることにします。昨夜はとても楽しかったです。ありがとうございました。また誘ってください』

そこで一気に昨夜の記憶がよみがえった。

機嫌よく酔った涼一は、菅野を自宅マンションの中に入れたのだ。菅野は「本当にいいんですか？」と何度も聞いていたような気がする。涼一は一人暮らしではなく、義父と住んでいると話してあったから、きっと気を遣ったのだろう。遠慮したがる菅野を、涼一が無理やり引っ張りこんだような記憶がある。

あげくに、ろくなおもてなしもせずに寝てしまうなんて、ひどいホストがいたものだ。とりあえずメールで謝罪しようかと思ったが、なんと書いていいかわからなくてなにもしていない。出勤時間が迫っていたので、あれこれと考えこむ時間がなかったのもある。涼一は慌ててシャワーを浴びて、ホットミルクだけを飲んで家を出てきた。毛布をかける優しさがあったのなら、目覚まし時計のアラームをセットしてリビングに置いていってほしかった——と、菅野に理不尽な怒りを向けてしまう涼一だった。

若葉ビルの玄関には、やはり菅野がいた。両脚を肩幅に開いて、しっかりと背筋を伸ばして立っている。朝日が似合う男だなと、涼一は何度目かの変な感心をした。

「結城さん、おはようございます」

「………おはよう………」

もごもごと口の中で挨拶して、涼一は菅野の前を通り抜けた。目を合わせられない。昨夜の自分が恥ずかしすぎて。

自分があまり酒に強くないと知ったときから、自分なりにセーブして飲むようにしていた。それで会社の飲み会や忘年会も切り抜けてきたというのに、どうして菅野と二人だとセーブできないのだろうか。自分が情けない。

「結城さん？」

涼一の態度がおかしいと勘づいたのか、菅野が不審そうな声をかけてきたが、無視して小走りにエレベーターホールへと向かった。

あとで謝った方がいいだろうか。いや、それも変か。どうしよう。

どうしてこんなことくらいで動揺しているのか、涼一は自分で自分がわからなくてさらに混乱した。

結局、一日中そんな精神状態で、ミスをせずに仕事を終えることができたのは、優秀な部下たちのおかげだった。年度末の慌ただしさはあと数日の我慢だ。三時間の残業のあと、残っていたメンツを連れて会社を出る。自宅最寄り駅まで戻ってきた涼一は、いつもの場所に立っている菅野を見つけてうっと息を詰める。

やっぱり来るのだ。律儀に。

就業中、何度か菅野からメールが来た。二日酔いで体調が悪いのかと心配してくれていたようで、大丈夫だとそっけない返事しか送っていない。ほかになんと書けばいいのかわからなかったのだ。

「お帰りなさい」

「……ただいま」

目が合わないように微妙に顔を逸らしながら菅野の横を通り過ぎる。すぐに後ろをついてきた。そのままお互いに無言で歩いていく。菅野は横に並ぼうとはしなかった。涼一の態度の変化をどう思っているのだろうか。なにも言ってこないと逆に「なにか言えよ」とつっかかりたくなってしまう。菅野に対してはずいぶんと自分勝手になってしまうようだ。こんなことだと、せっかく涼一の身を案じて駅まで来てくれているのに、来なくなるかもしれない。

（いや、来なくてもいいんだけど。笠井部長はあれからなにもしてこないし。姿すら見ていないし）

笠井が出社しているのかどうかも知らない。営業部長のくせにぜんぜん姿を見せず、仕事はできているのだろうか。涼一が心配することではないけれど。

もやもやしたものを抱えながら歩いているうちに、マンション前まで来てしまった。

「結城さん、明日は出勤しますか？」

明日は土曜日だ。休日出勤の予定はない。じつはインフルエンザで休んでいた社員が昨日から復帰していて、残業だけでなんとかなりそうなのだ。

「明日は休みだ。家事がたまっているから、申し訳ないが週末に飲みに行こうと言ったのはなしにしてくれ」

「そうですか。わかりました」

菅野の声に、少し残念そうな気持ちが感じられた。けれど、飲みに行けなくなったことより、涼一が休日出勤の必要がなく、週末をゆっくり自宅で過ごせることに安堵してくれているように聞こえた。

菅野のお人よしぶりに、涼一はいたたまれなくなる。

「……それじゃ……」

「おやすみなさい」

「おやすみ」

涼一は菅野に背中を向けたまま、エントランスに早足で入った。背中に視線を感じたけれど振り向かない。菅野がどんな表情をしているのか、怖くて見られなかった。別れ際に嘲るような笑みなんか浮かべる男じゃないだろうが、もしもの場合がある。だから頑《かたく》なに前だけをじっと見ていた。

エレベーターで五階まで上がり、自宅の玄関近くまできてやっと、涼一は肩の力を抜いた。と同時に、自己嫌悪に陥る。まったく大人げない態度だった。自分の醜態が恥ずかしいからといって、あれはないだろう。いますぐエレベーターでもう一度一階まで下がって、たぶん駅に向かっているだろう菅野を追いかけて謝りたい衝動にかられたが、足が動かなかった。そこまでする勇気がない。

自宅に向かうことも引き返すこともできずに立ち尽くしていたら、内廊下に並ぶドアのひとつが開いて隣人が出てきた。

「あら、こんばんは」

五十代と思われる女性が涼一を見つけて会釈した。

「こ、こんばんは」

慌てて涼一は自宅の玄関へと歩き出す。ぎくしゃくとした歩き方になっているような気がしたが、傍《はた》から見たらそうでもなかったようだ。隣人は普通にすれ違った。ため息をつきながら玄関のロックを外し、中に入ってハッとする。

「おかえり」

リビングから廊下に出てきたのは藤崎だ。一泊二日の入院だったのだから、今日帰宅して当然なのだが、またしても涼一は忘れていた。頭の中が菅野のことでいっぱいになっていたのだ。

「お義父さんこそ、おかえりなさい」

「私はもうずいぶん前に戻ってきていたから。食事の用意がしてあるよ」

礼を言いながら藤崎のあとについてリビングに入り、ギョッとする。ソファの隅に畳んだ毛布が置かれていた。今朝、ばたばたしていて片づけるのを失念していた。ソファで寝たことが藤崎にバレてしまった。

「昨夜はこんなところで寝たのかい？」

「……はい。その、酔って帰ったものですから……」

「へぇ、君が酔って帰った。珍しいことがあったものだ。私の見舞いに来たあと、どこかで飲んだということか。一人で？」

「いえ、ちがいます」

「あのあと、だれかと待ち合わせでもしていたのかい。平日なのに」

藤崎が興味を抱いてしまったようで、ぐいぐいと追及してきた。詳しく言いたくないから自分の部屋へ逃げて着替えたいのに、その隙を与えてくれない。

「あ、もしかして、このあいだマンションの前で揉《も》めていた彼と一緒だった？」

どうしてそんなに勘がいいのか。思わずぐっと眉間に皺を寄せてしまった涼一の顔を見て、藤崎が笑った。

「そうか、もう仲直りしたんだ。よかったね」

「よくありません。仲直りなんて、していませんからっ」

「えっ、していないの？　だって二人で飲みに行ったんだろう？」

「……行きました」

「どうして行ったんだい？」

「礼をしたかったので。ただそれだけです」

「それだけって、礼をしたくなるなにかがあったんだろう？　なにがあったんだい」

そこまで突っこんで藤崎が聞いてくるのは珍しい。どうして菅野に関することに限って、藤崎は興味を抱くのか。

「……昨日、病院までついてきてくれたので……」

「えっ、あのとき、彼が近くにいたのかい。どうして会わせてくれなかったんだ？」

「どうして会いたいんですか」

「だって君の友達だろう。とても親しくしてくれているみたいだから、家族としては挨拶くらいはしたいじゃないか」

「しなくていいです。友達じゃありませんし。彼は、五つも年下なんです。対等な付き合いじゃありませんよ。その、いろいろと世話になっているのはたしかですけど、お義父さんが会うほどの人間じゃないですから」

「じゃあ、どういう付き合いなんだい。友達じゃなかったら、なに？」

あらためて「なに？」と聞かれても答えられない。涼一と菅野の関係に名前はついていないのだ。

「もしかして、彼は涼一君のことを好きなのかな」

「えっ？」

ぎょっとして藤崎を見上げると、藤崎は微笑んでいた。優しく。

驚きすぎて頭が真っ白になる。ぐらぐらと自分のなにかが揺れた。瞬時に干上がった喉から、なんとか無難な言葉を選択して言葉にする。

「そ、そうですね、なぜか気に入られているみたいです」

「彼氏候補というところか」

トドメを刺されたような気がした。なにも言えないで固まっている涼一の肩を、藤崎が軽く叩く。

「冗談だよ」

着替えておいで、と涼一の背中を押してきた。ふらふらと自分の部屋に入り、しばし立ち尽くす。

いまのやりとりはなんだったのか。藤崎はどんなつもりで、あんなことを言ったのだろうか。

冗談だとつけ加えていたけれど、あれはふざけた口調ではなかった。涼一が笑って言い返せていたら、冗談になっていたかもしれない。だがアドリブに弱い涼一は、あからさまにうろたえてしまった。

ベッドに腰をかけて、項垂れる。ため息が際限なく出てきて、泣きたくなった。

知っていたのだ――。いつから気づいていたのだろう。

聡明《そうめい》で勘がいい藤崎のことだ、もしかして最近のことではなく、ずいぶん前から察していたのかもしれない。涼一が打ち明けないから、黙っていたのだ。

それがどうしてこのタイミングで口にしたのかわからない。そんなに涼一の様子が変わったのだろうか。菅野の出現で、涼一の感情が波立ったのは事実だ。幾重にも被っていた猫が、菅野のせいでずいぶんと剝がれてしまった。それが藤崎にはわかって、菅野は特別な存在だと思ったのかもしれない。

「……まだそんな関係じゃないのに……」

無意識で声に出した言葉に、涼一はじわりと赤面した。「まだ」とつけてしまった。菅野をそういう対象として意識しているのか？　いままで年上にしか惹かれなかったのに？

「あんなヤツ、社会に出たばかりのヒヨッ子じゃないかっ」

だから問題外だと藤崎に言いたい。藤崎は先走りすぎだ。菅野にはまだなにも言われていないし。

「いやいや、重要なのはそこじゃないから。部屋から出たとき、俺はお義父さんにどんな顔をすればいいんだっていう……」

立ち上がってうろうろしながら、涼一はひとりごとを呟く。やがてドアがノックされた。

「涼一君、夕食はどうするんだい？」

「食べます。いま行きます」

慌ててスーツを脱ぎ、ネクタイを解いて部屋着に替えた。そうっと様子を窺うように部屋から出たが、藤崎はまったく構えたところがない穏やかな空気をまとっている。いつもとなんら変わることがない藤崎の態度に、年の甲というものを感じた。ならば涼一も、できるだけ普段通りにすればいい。さっきの会話はなかったことにして、とりあえず用意してくれていた夕食を取ろう。

「いただきます」

ダイニングテーブルにつき、きちんと両手を合わせて、煮魚と味噌汁《みそしる》と白米の夕食をありがたくいただいた。

◇

結城の様子がおかしい。まともに目を合わせてくれないし、会話もしてくれない。最低限の挨拶はしてくれるが、ものすごくよそよそしい。会えない土日の間、なにをしているのか気になって携帯端末にメールを送ったが、返事はなかった。

今朝の挨拶もぎこちなかった。結城の自宅に上げてもらった翌日からずっとだ。原因は、その夜のことだとしか思えない。俊介を自宅に招いたことを激しく後悔しているのだろうか。それとも――。

(こっそりキスしたこと、バレたのかな……)

許可なくキスなんかした菅野のことを、内心ではとても怒っているのかもしれない。

(ヤバいヤバいヤバいヤバい)

土下座して謝った方がいいだろうか。二度としないと神に誓えばいいだろうか。

いやいや、二度としないなんて誓いたくない。できれば今後、何十回も何百回もしたい。唇だけじゃなく、体中にもキスしたいくらいなのに。

（いかん、公共の場でキスのことなんか考えちゃダメだ）

若さゆえか、下腹部にじわりと熱が集まりそうになってしまった。

俊介は妄想を消し去って背筋を伸ばし、駅の改札口をじっと見つめる。やがて見慣れたシルエットが明るい駅構内から出てきた。俊介をちらりと見て、顔を背け気味にしながらこちらに歩いてくる。

「お帰りなさい」

「……ただいま」

結城はやはり俊介を見てくれない。足早にマンションへの道に向かってしまう結城を、俊介は動揺しながら追いかけた。結城のほっそりとした背中を見つめながら歩く。

「結城さん」

呼びかけても歩く速度を緩めてくれない。もちろん返事は短く「なんだ」とだけだ。ちらりとも振り向いてくれなかった。

「週末はなにをしていましたか」

「とくになにも」

声音が固い。もう俊介をまともに視界に入れたくないのか。それほどまでに嫌われたのか。

脈はある、なんて自信たっぷりに考えていた先週の自分を殴ってやりたい。

もうすぐ結城の自宅マンションが見えてくる。このまま別れるのは嫌だった。話をしたい。きちんと目を見て、なにが結城を怒らせているのか教えてほしい。俊介のキスのせいなら、土下座する覚悟だ。こんな生殺し状態は勘弁してほしいから。

「結城さん、怒っているんですか」

「……怒ってなんかない」

「じゃあ、どうして俺を見てくれないんですか」

結城は答えずに俯いた。地面だけを見て歩くものだから、電信柱にぶつかりそうになる。俊介がとっさに結城の腕を引いて進路を変えなければ、確実に額からコンクリートの塊に激突していただろう。

「危ないです」

「…………ありがとう」

結城は足を止めたが、俊介を見上げてくることはなかった。すぐそばにある自動販売機の光が、結城の美しい横顔を照らしている。この人を諦めることなんかできない。焦燥が一気に膨れあがった。

「結城さん、ごめんなさいっ」

逃げられないように腕を摑んだまま、俊介はがばっと頭を下げた。腰から九十度折って、深々と。

「菅野君……？」

「すみませんでした！　結城さんの許可を得ず、酔って寝ているところを狙って不埒《ふらち》な真似をしてすみません！　本当に心から反省しています！　ごめんなさい！」

「えっ、えっ？」

俊介の迫力に押されてか、結城がじりじりと後退りする。カシャンと金属っぽい音がして、結城の背中が道路脇にある有料駐車場の金網に触れたのを知った。

「菅野君、不埒な真似って……」

「俺が結城さんにキスしたことを怒っているんでしょう？」

そろりと視線を上げると、結城が真ん丸に目を開いて固まっていた。しまった、気づいていなかったようだ。余計なことを暴露してしまった。

「キ、キス？　木曜日の夜、うちに来たとき、俺にそんなことをしたのか？」

「…………すみません」

俊介はあらためて頭を下げる。ほとんど顔が自分の膝につくくらいの角度で謝罪の気持ちを表した。でも摑んだ腕は離さない。その腕が小刻みにぷるぷると震え出した。

顔を上げてみると、驚いたことに結城は真っ赤になっていた。呼吸困難になるほど激怒しているのかとビビったが、そうではないらしい。結城は耳まで赤くなって、空いている方の手で自分の口を覆った。ひさしぶりにまともに見つめてくれている。それだけで歓喜に包まれた。

「ど、どうして、そんなこと……」

「寝ている結城さんがあまりにもきれいだったから、つい」

「つい…って、おまえ、寝ている人間がいたらだれでもそんなこと言ってやってんのか！」

「まさか。結城さんだからキスしたんです。当たり前じゃないですか。白雪姫みたいに可憐《かれん》で美しかったんですよ」

「し、し、し、白雪、姫っ？　俺は男だ！」

「知ってます」

「だったら白雪姫なんて気味悪い例えを出すな」

そう言いながらも結城はさらに首まで赤くなっている。怒っているというよりも、恥ずかしがっているような反応に、俊介の「脈がある」という自信家な面がぐぐっと前に出てきた。カシャン…と、また金網が音を立てる。俊介は結城を金網に追い詰めた。

上目遣いで結城が見上げてくる。美人の上目遣いほど危険なものはない。しかも瞳が潤んでいる。頬は鮮やかな赤。自動販売機ブラボー。すごくきれいに結城を照らしてくれている。

「結城さん、好きです」

言ってしまった。もっとゆっくりと親睦を深めていって、それなりの場所を選んで——と理想の告白シーンを思い描いていたが、住宅街の道端で、勢いのままに告白とあいなった。

結城はぽかんと口を開けて俊介を見上げている。その無防備な表情に、胸がきゅんとした。

「若葉ビルの正面玄関で、はじめて見かけたときから好きでした」

「お、俺は……男で……」

「男でも好きです」

「顔は男っぽくなくても、体は男だぞ。勘違いするな」

「男の結城さんが好きです。俺、バイなんで、同性も恋愛の対象なんです」

結城は唖然としている。でもそのびっくりした顔が超絶に可愛くて、俊介は抱きしめたくてたまらなかった。じりっと結城との距離を詰める。摑んでいた腕を離し、代わりに両腕を広げた。結城を怖がらせないように、逃げられないように、ゆっくりと細い体を抱きしめた。

すっぽりと腕の中におさまった結城は、抗《あらが》わなかった。拒絶されなかったことにホッとしながら、俊介は結城の頭のてっぺんにチュッとキスを落とす。さんざん妄想した通り、結城は抱きしめやすいサイズで、いい匂いがする。こんなにぴったりくる体格の人が存在するんだと感心するほどだ。

「結城さん、付き合ってくれませんか」

薄い背中がビクッと震えた。どうやらいままで無抵抗だったのは俊介の告白に驚いたあまり茫然自失だったからのようだ。いままでも俊介は好意を示してきたつもりだが、感じてくれていなかったのだろうか。感じていたとしても、男同士だし、こんなふうに正面きって告白してくるとは予想していなかったのかもしれない。

慌てたように暴れはじめて、俊介の腕の中から逃げようとする。押さえつけるのは簡単だったが、俊介は解放した。できればずっと抱きしめていたいくらいだったが、無理強いをして嫌われたくない。

素早く数メートルの距離を置いた結城は、さっきよりも顔が真っ赤だった。両手で頬を擦《こす》るしぐさがまるで小動物のようで愛らしく、俊介はつい鼻の下を伸ばしてしまう。

「結城さん、付き合ってください」

もう一度はっきりお願いした。結城は「えっ、えっ」と困惑顔でいながらも、嫌悪感はまったく滲ませていない。ただただ動揺していた。

「結城さん、俺のこと、嫌いですか」

「え、いや、そんなことは……」

暑い季節でもないのに、結城の額にじわりと汗が滲んだ。自動販売機の光を反射して、きらきらしているのに目を奪われる。もう、俊介の目には、結城のなにもかもが好ましく見えて仕方がなかった。

「結城さん」

俊介が一歩、距離を縮めたときだった。結城が弾《はじ》かれたように背中を向けて駆けだす。マンションに向かって。逃げた、と俊介は慌てて追いかける。時間を置いて冷静にさせたらダメだと、男の本能が警鐘を鳴らしていた。いまここで追いかけないと、結城は逃げ続けてしまう。もしかしたら結城だって追いかけてほしいのかもしれない。

結城は革靴、俊介はスニーカーという差もあるし、常に体を鍛えている俊介に分があるのは当然だ。

あっというまに追いついて、俊介は結城の腕を摑んだ。

「結城さん、返事をください。お願いします」

結城がぎくしゃくと振り返る。赤い顔の中で、眼鏡の奥の瞳が潤んでいた。泣かせたのかと一瞬ビ

ビった俊介だが、結城は内緒話をするように上体を傾けてきて、耳元でそっと、小声でこう告げてきた。

「……ま、前向きに、考えさせてくれ……」

それってほぼＯＫってことなんじゃ……？

突っこみたくなったが、さすがにぐっと堪えた。ここで結城を不愉快にさせたらなにもかもがパーになる。意地っ張りでプライドが高い年上の人。でも最高に可愛い人。これは手に入れたも同然か？

小躍りしたいほどの感激を飲みこんで、精一杯、大人らしく振る舞う。

「わかりました。じゃあ、前向きに検討してもらえるということで、これからも毎晩、一緒に帰りましょうね」

結城はこくりと頷き、長いまつげをかすかに震わせた。

◇

「ただいま」

涼一は澄ました顔で自宅の玄関ドアをくぐり、「おかえり」と答えてくれた藤崎がいるリビングを通り過ぎた。

「食事は？」

「あとで食べます」

藤崎の視線を感じながらも振り向くことをせず、自分の部屋に入る。しっかりドアを閉めて深呼吸してから、両手で顔を覆った。ここで絶叫したいところだが唸《うな》るだけで我慢する。

告白されてしまった。告白だ。告白！

（男からの告白が、こんなに破壊力があるとは知らなかった……）

スーツのままどっとベッドに突っ伏して、じたばたと悶える。藤崎の前では冷静を装ったが、心の中では嵐が吹き荒れていた。あのときの菅野の真剣な表情を思い出すと、恥ずかしくてたまらない。

自分はどんな顔で告白を聞いていたのだろうか。ぽかんと口を開けて、ものすごく気が抜けた顔になっていたような気がする。

（だって、まさか……まさかだろ？）

菅野がそんな雰囲気を醸し出しているような感じはしていたが、自意識過剰なのではないかと否定していた。でもやはりそうだった。しかも抱きしめてきた。見た目通りに広い胸だった。涼一をすっぽり覆い隠してしまえるほどの体格差に、しばしうっとりしてしまったのは一生の不覚だ。

（年下のくせに生意気！）

カーッと頬が熱くなってきて、涼一はさらにじたばたと一人で暴れた。

「……スーツが皺になる」

むくりと起き上がり、とりあえずスーツを脱いだ。上着をハンガーにかけ、スラックスも脱いで

──なんとなく自分の足に視線がいった。細い足だ。涼一は全体的に肉づきが薄い。これはもう体質なのでどうしようもないと諦めている。

（菅野君は逞しかったな……）

抱きしめられたときの感触を思い出して陶然としかけ……慌てて打ち消す。とにかく、今後のことだ。とっさに「前向きに検討させてくれ」なんて言ってしまったが、返事はどうすればいいのだろうか。付き合うのか？　断るのか？

即座に断らなかったうえに「前向きに」なんて付けてしまったことで、菅野は笑顔になっていた。きっと涼一が受け入れたと思ったことだろう。断ったらどうするのだろうか。あのポジティブな男が、ものすごく落ちこむなんて想像できない。

「いやでも、付き合ったら、その…………」

またもや自分の足を見た。体毛は薄い方なのだが、それでも臑毛《すねげ》はあるし、ごつごつしている。菅野はバイだと言った。つまり女性とも付き合ったことがあるということで、こんな柔らかみのない足の持ち主である涼一に、欲情できるのだろうか。

（って、欲情って……！）

ひーっと悲鳴を上げそうになりながら、涼一は急いで部屋着に替えた。

でも付き合うことになれば、そういう行為に至るかもしれないわけで、経験がない涼一には未知の世界だ。

「どうやってやるんだ？」

なんとなく、やることは想像つくのだが、どう動いてどのタイミングであれこれすればいいのかわからない。菅野に任せるしかないか。

「ちょっと待て、どうしてそこまでいま悩む必要がある？　まだ返事もしていないだろうっ」

両手で頭を抱えてうずくまってしまった涼一だった。

結局、その夜はせっかく藤崎が用意してくれていた夕食は喉を通らず、体調を心配されてしまい早めにベッドに入った。だが眠れるわけがない。菅野に告白されたときのこととか、セックスのことを考えていたら目が冴《さ》えてしまい、なかなか寝付けなかった。

翌朝はあきらかに寝不足で、太陽の光を眩しく感じながらよろよろと出社した。正面玄関で菅野に会ったらどんな顔をすればいいのかと懊悩しているところでポケットの中の携帯端末がぶるぶると震えた。こんな時間にだれかからメールが来るなんて珍しい。取り出して見てみたら、菅野だった。

『おはようございます。突然のシフト変更で、勤務が午後になりました。夜はビルから一緒に帰れそうですよ』

これからすぐ顔を合わせなくてもいいんだとわかり、涼一はホッとした。そして帰りは一緒になれそうだと嬉しくなる。いつもよりずっと長く会っていられるわけだ。すこし浮かれた気分になった自分に、涼一は複雑な気持ちになる。

（どうしよう……。これって、やっぱり嫌いじゃないってことだよな。付き合うのか？　菅野と？

いやでも……）

葛藤しながら若葉ビルに入り、営業二課に行く。インフルエンザで一週間休んでいた社員がすでに来ていて、涼一に朝の挨拶をしてきた。すぐに近藤も出社してきて、デスクにバッグだけを置いて給湯室へと足を向ける。先に出社していた部下が席を外したタイミングで、なんと笠井が現れた。

歩み寄ってくる笠井と目が合って、涼一はぎょっとする。ＰＣのメールチェックをしていた涼一は、マウスを操作した体勢のまま動けなくなった。妙な緊張感が全身を縛りつけている。

「おはよう、結城君」

「………おはよう、ございます……」

意図せずして声が掠《かす》れた。

「あの警備員と、どういう関係なんだい？」

いきなり、ぼそっと小声で囁いてきた。思わず息を飲む。あの警備員というのは、たぶん菅野のことだろう。どういう意味なのかと笠井を見返すと、ニヤリと笑われた。

「自宅に入れるなんて、ずいぶんと親しい間柄なんだね」

「えっ………」

「おまけに路上で抱擁するなんて大胆だ」

言葉を失って愕然とする涼一を、笠井は楽しそうに笑いながら見下ろしている。

菅野を自宅に入れたのは先週の木曜日の夜だ。藤崎が検査入院で不在だった日、たった一度だけ。

路上で抱擁とは、昨日の夜のこととしか思えない――。

まさか、この男はどこかから見ていたのか。昨夜だけでなく、先週の木曜日も、もしかして、毎晩？

ぞっと背筋が寒くなって、涼一は青くなった。対照的に笠井の頬は紅潮している。

「彼、スガノ警備の社員だよね。警備を請け負っているビルの社員と不適切な関係になるなんて、あってはならないことなんじゃないかな。自由恋愛だと言われてしまえばそうなんだろうけど、スガノ警備ってどれくらい厳しいのか知らないから、試しに見たことをありのままに喋ってしまおうか。どう思う？」

「……自由恋愛って、なんですか。彼は男ですよ」

「そうだね。だからこそ面倒なんじゃないか。喋ってもいいのなら、僕はいつでも準備ができているよ。証拠もある」

「証拠？」

「夜だったけど、よく撮れていた」

写真を撮ったということか。だれとだれが抱き合っていたかわかる写真だとしても、男同士だ、酔ってふざけていただけだと釈明したらそれで不問に付されるような気がする。あのとき周囲に人気《ひとけ》なんかなかった。声が届く範囲には絶対にだれもいなかった。まさか音声は録音されてはいないだろう。

だが、笠井は社長の甥だ。そんな人物がクレームをつけたら、スガノ警備は問題にしなければならなくなる。

どう切り抜ければいいのか考えこむ涼一に、笠井が決定的な一言をつきつけた。

「あの男をクビにしたくなかったら、もう会わない方がいいと思うよ」

「……それは脅しですか」

睨みつけながら、精一杯の虚勢で歯向かった。だがまったく効果がなかったようだ。

「脅しだなんて、物騒な言い方をしないでくれ。これはただのアドバイスだよ」

言うに事欠いてアドバイスだと？　この最低のセクハラクソ部長が！

思わず罵声が飛びだしそうだったが、寸前で席を外していた部下が戻ってきた。続けて近藤も給湯室からトレイを手に出てくる。笠井はそれ以上なにも言うことなく、すっと涼一のデスクから離れていった。

「係長、いま笠井部長となにか話していました？」

淹れたてのコーヒーが入ったマグカップを涼一のデスクに置いてくれながら、近藤が遠ざかっていく笠井の後ろ姿を眺めた。

「……とくに、なにも」

涼一はマグカップを受け取り、飲むふりをして俯いた。近藤は「本当ですか？」と疑わしそうにしながらも涼一がなにも喋らないとみると、デスクから離れていく。笠井が去っていった方をちらりと見遣ると、営業一課の向こう、部長室のドアを開けて入っていくところだった。

あれからずっと姿を見かけなかったから、笠井を意識しなくなっていた。もう諦めてくれたのかと半分以上は思いこんでいた。菅野は油断するなと言っていたけれど、たぶんもう大丈夫なのではないかと楽観視していたうえに、菅野のことで頭がいっぱいになっていた。

監視されていた事実は恐ろしいが、もうどうにもならない。もっと周囲に気を配ればよかったのだろうが、菅野も気づいていなかったのだ。涼一なんかにはとうてい無理だっただろう。

(菅野君がクビ……?)

このご時世、仕事を失くしたら、いくら若くても大変だ。ましてや菅野は社会人一年目。たいした貯蓄があるとは思えない。いま収入が途絶えたらすぐにでも困窮するに違いない。自分のせいで菅野がそんな目にあうのは避けたかった。

(いまなら、まだ引き返せる)

菅野はバイだと言った。女性も恋愛対象にできるなら、涼一だけにこだわらなくてもいいわけだ。さいわいなことに、涼一は菅野にはっきりと返事をしていない。やっぱり付き合えないと言ってしまえば、それで済むだろう。

菅野ともう会わない——。そう考えただけで、涼一はきゅっと胸が痛んだ。なぜこんなにも胸が痛いのか、理由を言葉にしてはいけない。そのうち忘れる。こんな痛みは、時間とともに過去のものになるだろう。

◇

今朝は結城に会えなかった。急遽《きゅうきょ》、シフトが変更になったせいだ。連絡してきた清水に文句を言いたかったが、一応ヒラの社員なので上司にそんな不満はぶつけられない。清水には結城への執着心を気づかれている。というか、バレている。詳しい話を打ち明けたわけではないが、俊介の態度と結城の反応を見ていれば、なんとなくわかることなのだろう。

鼻歌をうたいながら若葉ビル一階の警備員室で着替えた。本当はここで着替えてはいけないのだが、俊介は私服を持ちこんだのだ。それを呆れた顔で眺めている同僚はいるが、表立って非難するヤツはいない。清水も「いつもはダメだぞ」と苦い顔をするだけだった。

「じゃあ、お先に失礼しまーす」

わざとらしく敬礼して、俊介は私服姿で警備員室を出た。今夜は駅まで行かなくてもいい。シフトが変更になったせいで、結城の残業終了時間と俊介の終業時間がほぼ同時になったのだ。ここから結城の自宅まで、ゆっくりと話でもしながら送っていけると思うとウキウキする。

エントランスで待っていたらダメかな、と携帯端末をコートのポケットから取り出す。どこで待てばいいのか結城に聞くつもりで操作しようとしたら、その結城からメールが届いた。

タイトルが『今日から一人で帰る』とあったので、思わず廊下の途中で立ち止まる。

「えっ、えっ？　どういうこと？」

『君の好意はありがたいが、やはり同性とは付き合えない。昨夜のうちに返事をしなくて悪かった。

もう一人で帰るので君は駅まで来なくていい。当然だが今夜もナシだ。今後は俺を見かけても話しかけないでほしい。朝の挨拶もいらない。さようなら』

あまりにもそっけない文章に、俊介は唖然とした。これは絶縁宣言か。

何度も何度も文面を読み返すうちに、違和感を抱く。結城だったら、たとえ俊介の告白を拒んだとしても、もう声もかけないでほしいなんて言うだろうか。それほど俊介に嫌悪を覚えたとしたらあり得るだろうが、昨夜の様子ではそこまで嫌がっていないように思えた。

「……なにかあったのかな」

結城の携帯に電話をかけてみる。予定ならそろそろ残業を切り上げて帰る時間だ。だが何回かコール音を鳴らしたあとに留守番電話に切り替わってしまう。

「メールの内容に納得できないので話し合いたいです」

と吹きこんでおき、さらにメールの返信におなじことを書いた。なにかあったのか、とまでは突っこまない。それらしいことはメールに書かれていなかったので、現時点で結城は俊介に話すつもりはないのだろう。

結城は真面目な男だ。俊介を拒絶すると決めたからには、そう簡単には返事をもらえないだろうが、こちらが納得していないことだけは伝えておかないと。

俊介は貴重なラブタイムがなくなってしまったことにがっかりしながら、近藤にメールを送った。

オフィスで結城を一人にさせないよう、気を配ってくれと頼んであるから、まだ残業している可能性がある。思った通り、すぐに朱音から返信があった。

『もうすこししたら切り上げて帰るところなんだけど、なぜだか係長はまだ帰りじたくをしていない。今日はもうすこしやっていくつもりなのかな？』

結城はいま俊介がビルの一階にいることを知っている。俊介を先に帰らせてから、自分は帰ろうとしているのかもしれない。

『ほかにだれか残っている社員はいる？　いるようだったら話したいことがある。出てこられない？』

『あたしが先に帰っても大丈夫そう。インフルで休んでいた先輩が、責任感じて頑張っているから。話したいことって？』

『とりあえず出てきてくれないか。ビルの外で待ってるから』

『オーケー』

そんなやりとりをしたあと、俊介は若葉ビルの外で待った。できるだけ街灯の明かりが届かない、目立たないような場所に潜んでいると、近藤が出てきた。

「近藤、こっち」

声をかけるとすぐ気づいて駆けてくる。

「話って、長引きそう？　だったらどこかの店に入りたいんだけど。今日は寒い」

近藤はひらひらしたスカートとパンプスの足をもじもじと動かした。そう言われてみれば今日は三月末にしては寒いかもしれない。女は気温に関係なく春らしいファッションをしなければならなくて大変だなと思いながら、相談して駅構内のコーヒーショップへ行くことにした。そんな店、近藤にしたら同僚の目にとまるかもしれないわけだが、俊介は結城が通りかかったらすぐにわかる利便性を取りたかった。

コーヒーを購入して壁際のカウンター席につく。俊介は近藤の頭越しに駅の改札口へ向かう通路が見える角度で腰を下ろした。

「それで、話ってなに？」

「仕事場で、なにか変わったことはなかったか。例の部長とか」

「んー……………あったかもしれない、っていうか、あったみたいなんだけど、あたし、その場面を見ていなくて」

近藤は今朝のことを話してくれた。

「あたしが席に戻ったときは、もう部長は自分の部屋へ歩いて行ってて、こっちに背中を向けていたの。デスクにいた係長は真っ青になって硬直してた。たぶんなにか言われたんだろうと思う」

「おまえ、肝心なときに――」

「仕方ないじゃない。これでも精一杯、気を配っていたんだよ。部長のヤツ、隙を突くのが上手いんだと思う。いつもまわりに人がいないときを狙ってる。だからいままでだれも気づかなかったんだよ」

近藤にだって自分の仕事があるわけで、一日中、結城に目を光らせているわけにはいかない。それはわかるが、笠井が去ったあとに真っ青になっていたという結城が心配でならない。いったいなにを言われたのだろうか。

残業時のセクハラ行為から、ちょうど二週間になる。やはり笠井は結城を諦めてなんかいない。ほとぼりが冷めるのを待っていたか、あるいはなにか別の手がないか探っていたかのどちらかだと思う。いや、その両方かもしれない。

とにかく、結城を一人で帰らせるなんて危険なことはさせられない。なんとしてでも絶縁宣言のメールを撤回してもらわなければ。

「ねえ、なにか変わったことはなかったかなんてあたしに聞くくらいだから、そっちもなにかあったんでしょ」

「結城さんが俺の送迎はもう必要ないって断ってきた。ついさっきのことだ。昨日までまったくそんな感じじゃなかったのに。だから今日、なにかあったのかと思って」

「それは変だね。あのクソブタ野郎、あたしたちの輝くアイドルを隠れていじめるなんてっ」

近藤はぐぐと拳を握りしめる。その頭越しに、その輝く姿が見えた。コーヒーショップのガラスと数メートルの距離があったが、ばっちりと視線が絡まった。今日はじめて結城の顔を見られた喜びに、俊介はパッと笑顔になって手を振る。

だが、結城は表情を強張らせると、顔を背けて駆けだしてしまった。駅の改札口へ向かって。

「あれ？　俺だってわからなかったのかな」

「なにボケたこと言ってんの」

近藤が容赦ない力加減で俊介の肩をド突いた。

「あたしと俊介が同級生だってこと、係長に話していないんでしょ。びっくりしたんじゃないの?」

そうだ、近藤と協力し合って結城の身辺に気を配っていることを話していない。まさか近藤との関係を誤解したのでは——だったらびっくりどころではない、昨夜の告白はなんだったんだと人間性を疑われても仕方がない場面だ、と思い至り、プチパニックになった。

「俺が好きなのは結城さんだ!」

「こんなところで恥ずかしいこと言ってないで、とっとと追いかけなさいよ」

俊介は慌ててコーヒーショップを出た。結城が駆けていった方を見るが、もう姿はない。改札口を通り抜けて駅のホームまで行ったが、たったいま電車が出たところだった。携帯端末を使って「話をしたいです」とメールを送ってみたが、返信はない。電話をかけても電車の中なら出てくれないだろう。どうする。逡巡したのは一瞬だ。俊介は電車で追いかけるのではなくタクシーを選択した。

今夜中に結城を捕まえて、絶縁宣言メールの事情を聞きたいし、近藤との関係もきちんと釈明したい。確実に結城に会うためには自宅マンションへ向かった方がいいと判断して、停めたタクシーの運転手に住所を告げた。

自宅には確実に藤崎がいる。いよいよ対面かと緊張しながら車窓を眺めた。運転手がベテランだったのは幸運だった。空いている道を選んで走ってくれ、マンションに到着した。先週、一度だけ入れてもらったときに部屋番号は覚えた。エントランスを入るには鍵か住人の了解が必要だが、運のいいことに他の住人の帰宅時に紛れることができた。堂々とした態度でいれば、意外と不審がられないものだ。

自分のことは棚に上げて、やはりこのマンションのオートロックは役に立っていないなどと、ダメ出しをする俊介だ。五階にある結城の自宅にたどり着き、インターホンのボタンを押す。

『どちらさまですか？』

男の渋い声が聞こえてきて、一気に緊張感が高まった。これが義父の藤崎だろう。

「菅野といいます。結城さんは御在宅でしょうか」

『まだ帰ってきていません。ちょっと待っていてください』

「えっ……」

居留守なら普通は追い返して、待たせることはない。結城は本当に帰ってきていないのだろう。自分の方が先に着いたようだ。駅のロータリーで待っていた方がよかっただろうか。いやでも、メールを無視されている状態で、結城がどこにいるのかわからなかったわけだから——とぐるぐる考えているうちに、目の前の玄関が開いた。

「こんばんは」

出てきた男を見て、俊介は「負けた」と思った。年のころは六十くらいだろうか。すらりと背が高く、俊介ほどではないが百八十センチ近くはありそうだ。髪の半分くらいは白髪で、ノーブルに整った顔は、若いときはさぞかしモテただろうと思わせるハンサムだった。ロマンスグレーという言葉がぴったりくるような男だった。なんともいえない頼もしさも感じられる。

結城はこの男と一緒に暮らしているのだ。血の繋がらない家族として。

悔しさと妬ましさがぐぐっと腹の底からこみ上げてきたが、結城の家族と揉めるわけにはいかない。

いまはとりあえず結城のことだ。

俊介は頭を下げて「はじめまして」と挨拶した。

「私は菅野俊介といいます。結城さんと親しくさせてもらっています。もう帰宅されたかと思ってここまで来ました。結城さんから自宅の方に、なにか連絡はありましたか？」

「いや、とくにないね。残業でなかなか帰れなくなっているんじゃないのかな」

「すでに会社は出ています。その、途中ではぐれてしまいまして……」

迷子の子猫を探しているわけでもあるまいに、はぐれたなんて言葉を使ってしまった。俊介はじわりと冷や汗をかく。そこを突っこまれたら次になんと言い訳をすればいいかと高速で頭を回転させたが、藤崎はスルーした。

「会社を出ているなら、もう近くまで来ているかもね。なに、君とケンカでもしたの？」

「ケ、ケンカなんて、していません」

暑くもないのに、さらに汗が滲んだ。結城がどこまで菅野のことを藤崎に話しているのかわからないから、下手なことは言えない。

「君だよね。先週、マンションの前の道で涼一君に殴られて蹴られていたのって」

ぎくーっと全身を強張らせたのを見て、藤崎がぷっと吹き出した。あれを見られていたのかと、こんどは羞恥のあまり顔が赤くなってくる。

「す、すみません……」

「どうして君が謝るんだ？　やったのは涼一君だろう」

「そうですけど……」

結城が激高した原因は、俊介の嫉妬心だからだ。藤崎との仲を疑ったなんて、口が裂けても言えないが。

「どうしてケンカしたのかは知らないけど、涼一君と仲良くしてあげてほしい。あの子は、ちょっと意地っ張りだけどすごくいい子だから」

結城を子供扱いする言い方に、俊介はムッとした。

「結城さんがいい人なのはじゅうぶん知っています。あなたに言われなくても仲良くしますから」

感情的に言い切り「失礼します」と頭を下げて、俊介は踵を返した。背中に藤崎の視線を感じたが振り向かなかった。エレベーターで一階まで下り、マンションを出る。そのころには早くも後悔していた。

藤崎に口応えをしてしまった。さぞかし印象が悪かっただろう。結城に知られたら、叱られるにちがいないと思うと憂鬱だ。

夜道をぶらぶらと歩きながら、さてどうしようと考える。結城に会いたい。藤崎に失礼な態度をとってしまったことは、自分から暴露して謝罪しよう。会って話さなければならない項目が増えた。

俊介はマンションのまわりをぐるりと歩いてみたり、駅まで戻ってみたりした。運よく結城に出くわさないかなと期待したが、そんなに上手くはいかない。今夜中に結城と話をしたかったが無理かもしれない――と諦めかけたとき、携帯端末に電話がかかってきた。結城からだ。

「もしもし？　結城さん？」

『……家まで行ったんだって？　義父さんから聞いた』

「すみません。もう帰宅していると思って、行ってしまいました。どうしても結城さんと話をしたかったものですから。いまはどこですか？　家ですか？」

『……駅……』

「えっ……」

俊介は急いで駅へと走り、ロータリーのあたりを見渡した。改札口の外側にある柱に隠れるようにして立っている結城を発見する。

「見つけました」

通話を切り、柱に駆け寄った。結城は柱にもたれて、俊介を見上げてきた。どこか拗《す》ねたような縋《すが》るような表情をしている結城が、とてつもなく可愛い。

「結城さん、近藤朱音のことを説明させてください」

「……付き合っているんだろう」

「ちがいます」

はっきりと否定したが、それだけで納得できるわけもなく結城の憂いは晴れない。こんなところで立ち話もなんだし、俊介はどこかへ移動しようと提案した。

「ゆっくり話したいですから、どこか――店にでも入りますか」

「人目がないところがいい」

「ああ、まあ、そうですね」

人目がないというと、飲食店以外か。じゃあ、どこかのホテルにでも、と頭に浮かんだが、口にしようものなら結城は脱兎のごとく逃げてしまうかもしれない。だが結城の自宅には藤崎がいる。

「そうだ、スガノ警備の社員寮に行きますか」

「社員寮？」

「個室なので人目はありませんが、まったくの二人きりというわけでもないですよ」

「部外者が入ってもいいのか……？」

「男なら大丈夫でしょう。女の連れ込みは禁止されていますが」

複数の部外者を入れてドンチャン騒ぎをしたら叱られるだろうが、静かに話をするくらいで咎《とが》められることはないだろう。

「ここからどのくらいかかるんだ」

結城が頭の中で電車の路線図を思い浮かべているのはわかったが、腕を摑んでタクシー乗り場へと誘導した。当然、電車で行けるが、もう乗り換えが面倒だ。贅沢《ぜいたく》だと言われてもこっちの方が楽だと思い、なかば強引にタクシーに乗せる。

「どうしてタクシーなんだよ。もったいない」

「いいから、とりあえず行きましょう」

宥《なだ》める俊介に、結城はむくれた顔を窓に向けてそっぽを向く。素を出してくれている自覚はあるのだろうか。二週間前に比べると、ずいぶんと装わなくなったものだと、感激してしまいそうだ。

結城の美しい横顔を、俊介は目的地に到着するまでずっと眺めていたのだった。

◇

自分の横顔を菅野がじっと見つめている。タクシーの窓ガラスにうつっているから気のせいではない。

なかば無理やりタクシーに乗せられてしまったが、できれば帰りたかった。話なんて聞きたくないし、スガノ警備の独身寮に行きたいとは思わない。菅野に似た体格の男ばかりがうろうろしている建物しか想像できない。そんなところで話ができるのか疑問だ。それでもおとなしくタクシーに乗っているのは、近藤と菅野が仲良くコーヒーショップにいた光景が忘れられないからだ。

（……近藤と会っていた……）

残業を終えて駅に向かっていた涼一は、改札口の手前にあるコーヒーショップの中に二人の姿を見つけて愕然とした。親しげに体を寄せて話をしている菅野と近藤は、お似合いに見えた。自分よりもよほどしっくりくるカップルだ。

通りかかった涼一とガラス越しに目が合った菅野は、くったくなく笑って手を振った。どうしてそこで笑顔になれるのか理解できない。涼一は菅野の告白を断ったのだ。その直後に女と会って、なにもなかったかのように手を振ってくるなんて——。

涼一を好きだと言ったくせに、そんなところでなにをしているんだと怒鳴りたかった。近藤の横から引き剝がして、先週よりももっと何発も殴ってやりたいと思った。でも、涼一がしたのは、その場から逃げることだった。改札口を通り抜けて、ホームに停車していた電車に乗った。階段を駆け下りてくる菅野がちらりと見えたが、すでに電車のドアは閉じて走り出していた。スーツのポケットの中で携帯端末が震えたが、無視した。

吊革を持つ手が震えていたことは、だれにも言いたくない。ショックのあまり喉が塞がったように痛くて、息をするのも辛《つら》いほどだった。菅野が近藤とどうしていようと自由だ。涼一を諦めて近藤と付き合うのなら、それでよかったと祝福してあげなければならない。わかっていても、できそうにない。それがどうしてできそうにないのか——。

もう、認めざるを得なかった。菅野を、だれにも渡したくない。近藤が人間としても女性としても素晴らしくて、菅野にお似合いだとしても、渡すことなんてできない。

いつのまにか、菅野は涼一の心の奥深くにまで入り込んでいた。特別な存在になっている。五つも年下の菅野なんて興味がなかったはずなのに、自分でも不思議なほど独占欲が生まれている。

「結城さん」

不意に名前を呼ばれてびくっと肩を揺らしてしまった。

「お義父さんに帰りが遅くなるって連絡してもらっていいですか」

菅野に言われるまで藤崎のことを忘れていた。涼一は無言でポケットから携帯端末を出し、藤崎にメールで『菅野と話すので帰りが遅くなる』と伝えた。するとすぐに返信が来る。

『無事に出会えたのならよかった。きちんと仲直りしておいで』

別にケンカしていたわけじゃない。ではなにがあったのかと聞き返されたら困るけど。

『カンノという若者が君を訪ねてきたよ。なかなかの好青年だね』

そんなメールが藤崎から届いたのは、電車を降りてすぐだった。菅野からの電話とメールは無視していたが、藤崎からのメールは見なければならない。体調でも悪くなったのかと思ったからだ。そうしたら、菅野がマンションまで来たことを知らされた。

まさか菅野とのごたごたに藤崎を巻きこんでしまう事態になろうとは。電話とメールを無視していたら菅野がマンションまで行くかもしれないとは考えたが、藤崎に会ってしまうことまでは予想していなかった。どうして玄関まで行ったんだと菅野を責めるのは筋違いだろう。目が合うなり走って逃げた涼一を菅野が気にしたのは当然で、その後の電話とメールに応じていればこんなことにはならなかった。

（ああ、もう……）

頭の中がごちゃごちゃだ。ああすればよかったこうすればよかったという後悔と、近藤に対する嫉妬と、やっぱり自分はゲイだったという諦観がどす黒く渦を巻いている。

手の中の携帯端末がぶるるっと震えた。藤崎からまたメールが届いたのだ。

『後悔しないようにね』

涼一はハッとした。

藤崎がこの短い文章にこめたいくつもの意味が、涼一にはわかる。母親を事故で亡くしたとき、二人ともそれを実感した。もっとたくさんの時間をともにするべきだった、もっとたくさん話をしておくべきだった、もっともっと――。後悔は尽きない。人生、いつなにがあるかわからない。またの機会に、なんて呑気《のんき》に構えていたら、永遠に手が届かないところへ去ってしまうこともあるのだ。

（そうだ、臆病になっていても、いいことなんかない）

いまここで自分に正直にならなかったら菅野を永遠に失うかもしれない。その可能性を、涼一は思い出した。もし、まだ間に合うならば。もし近藤と付き合うことになっていたとしても、取り返せるのならば。わざわざ自宅まで来てくれたくらいだから、菅野はまだ涼一に愛想を尽かしてはいないはず。

ぐっと携帯端末を握りしめてからスーツのポケットに戻し、姿勢を正して前を向いた。菅野の話が涼一の望むものではなかったとしても、想いを告げてしまおうと心に決める。

そうこうしているうちにタクシーが停車した。タクシーを降りると、シンプルな外観の鉄筋アパートが建っている。五階建てくらいだろうか。一見、ごく普通の賃貸アパートのようだが、エントランスには名前が書かれた札がずらりと並ぶ板が壁に取りつけられていて、赤字は不在らしい。半分ほどの札が赤字だった。夜間勤務がある会社らしい。菅野は自分の札をひっくり返して白色にした。

「どうぞ」

学生寮をイメージしていたので玄関で靴を脱ぎ、スリッパに履き替えるのかと思ったらちがっていた。内廊下の両側にはドアがいくつも並び、すべて個室だと説明される。各自の靴は室内で管理するのが決まりで、有事の際に玄関が混み合わないようにするためだと説明されて納得した。

菅野の部屋は三階の角だった。ドアを開けると狭いたたきがあり、簡易キッチンのついた二畳ほどの空間の向こうは六畳ていどの部屋だった。大きめのベッドが部屋の半分を占めていて、空いた床にラグが敷かれている。それだけだ。テーブルもない。独身者用の寮なのだから狭いのは想像していたが、菅野の私物がほとんど見当たらないことに軽く驚いた。

こんなところで暮らしているのか？

「トイレと風呂は共同です。食堂が一階にあるので各自の部屋では湯を沸かすくらいのことしかしません。いまコーヒーを淹れますね」

菅野が急いでヤカンを電磁調理器の上に乗せているのを横目で見ながら、奥へと入る。シンプルすぎて違和感があったが、もしかして実家が近くにあるのかもしれないと思い至った。私物のほとんどが実家に置かれたままなら、この生活感のなさも仕方がないかと思える。

ベッドに腰かけるのはためらわれて、涼一はラグの上に座った。超特急で淹れたらしいコーヒーを持って、菅野がいそいそとやってくる。テーブルがないから、カップは手に持っているかラグに置くかしかない。

「この真下は会議室で、真上は空室、隣は今夜不在なので、話を聞かれる心配はありません」

菅野がさて、とかしこまって正座をした。胡坐《あぐら》をかいていた涼一も、正座になる。

「まず、ついさっき結城さんのお義父さんに失礼な態度で接してしまったことを謝らせてください」

「えっ？」

「聞いていませんか？」

「……電話で君が来たことは聞いたけど、ほかにはなにも……」

「そうですか」

菅野はひとつ息をついてから、淡々と藤崎とのやりとりを話してくれた。

「俺、ついイラッとして、あなたに言われなくても仲良くしますって宣言して荒っぽくドアを閉じて出てきてしまいました。すぐに反省したんですが、とりあえず結城さんを探さなきゃと思って引き返しませんでした。たぶん不快な思いをされたと思います。すみませんでした」

菅野が頭を下げた。藤崎は菅野が気にするほど気分を害してなどいないと思う。電話ですこし話しただけだが、むしろ好感を抱いたような口調だった。というか、たぶん面白がっている。

それを菅野にどう説明したら伝わるのかわからなくて黙っていたら、菅野がパッと頭を上げて「次に」とまるで議題のように「近藤朱音のことを説明させてください」と言った。

涼一はぐっと両手を握りしめる。

「あいつは中高の同級生なんです」

「同級生？」

菅野はまっすぐに目を見て「そうです」と頷いた。嘘を言っているようには見えない。

「本当にただの同級生で、友達でした。特別な感情を抱いたことはまったくありません。高校を卒業してから連絡は途絶えていました。半年前、俺が若葉ビルに配属されたときに再会して、それ以来、友達付き合いが復活しました。いまは俺が頼んで、結城さんのオフィス内での秘かなガード役になってもらっています」

「えっ、近藤がガード役？」

思ってもいなかった言葉に涼一は目を丸くする。

「俺は就業中のオフィスにまでは入れませんから。できるだけ残業に付き合って、セクハラ部長が近づけないようにしてくれと頼んでいました」

「そうか、それで……」

以前よりも近藤が残ることが増えていたのか。女性社員は優先的に早く帰していたのに、近藤は先々週から涼一並みに遅くまで残業してくれるようになっていたのだ。年度末に加えて休んでいる社員の分も、仕事はいくらでもあったから、ありがたいとしか思っていなかった。

「もしかして、彼女は君の情報提供者でもあるのか？　俺の名前とか」

「………そうです……」

菅野はぐっと表情を引き締めて頷いた。きっと近藤が提供したのは涼一の名前だけではないのだろう。社外の人間に上司のパーソナルデータを漏らしたわけだ。場合によっては近藤は会社から注意される可能性がある。だが涼一は近藤のしたことを会社に報告するつもりはなかった。二度としないようにと注意はするつもりだが。

「勝手にいろいろとして、すみませんでした」

菅野がラグに両手をついて深々と頭を下げる。土下座を眺めながら、涼一はため息をついた。

「近藤さんが君の同級生で、かつ協力者だったことはわかった。それでコーヒーショップではなにをしていたんだ？」

「結城さんからの絶縁宣言メールに驚いて、これはなにかがあったんじゃないかと思って、近藤から社内での様子を聞き出していたところだったんです」

「ああ、そうか……」

いきなりあんなメールを送りつけたら、なにかあったと知らせているようなものだったかもしれないと、いまになってから気づく。笠井に脅されて冷静ではなかったということだ。

「なにがあったんですか。あのセクハラ部長ですか？」

正座のまま菅野がぐぐっと近づいてきた。膝と膝がくっつきそうなほどの距離になる。後ろにさがりたくともベッドがあって無理だった。顔が近すぎて見ていられない。涼一は俯いた。こんなこと、打ち明けたくない。だが話さなければ菅野は納得しないだろうし、問題はなにも解決しない。涼一も疲労を感じていた。意地を張って一人でなんとかしようと踏ん張っていることに疲れていた。

「じつは……」

笠井に、菅野をクビにしたくないのなら会うなと脅されたことを話した。予想通り、菅野は怒った。ギリッと音が聞こえるほどに奥歯を噛み、頬を紅潮させて自分の手元を睨んでいる。正座した大腿部《だいたいぶ》に置いた両手の拳が、ぶるぶると震えていた。

「あの野郎……ブッ殺したい……」

不穏な発言は本気ではないだろうが、菅野の激怒のほどが窺い知れる。

「あのですね、結城さん」

「はい……」

「そういうことがあったなら、絶縁宣言するよりもまず、相談してください。なんなんですか、いったい！」

菅野は笠井に対してだけでなく、涼一にも怒っているのだ。なにも言わずに、もう会わないなんてメールを送りつけたから。

「俺は、結城さんを好きだと言いました。こんな脅しくらいで怖気《おじけ》づくような、軽い気持ちなんかじゃありません。あらためて言います。好きです。付き合ってください」

ぴしっと背筋を正して、また告白されてしまった。菅野はまだ心変わりしていなかった。間に合ったのだという喜びが、じわりと胸に満ちてくる。だが、やはり引っかかるのは笠井の脅しだ。

「俺は君の障害にはなりたくない。部長がもし本当に、スガノ警備に俺と君のことを伝えたら、マズいことになるんじゃないのか？」

「大丈夫です。こんなことで社員をクビにするような会社じゃありません。勤務中に猥褻《わいせつ》行為に耽《ふけ》っていたら処分を受けるかもしれませんけどね」

「わ、わ、猥褻行為って…！」

その四字熟語のインパクトが強烈すぎて、菅野が妙にきっぱり「クビにならない」と言い切った意味を、涼一は考えられなかった。

「勤務後のプライベートをどう使おうと自由でしょう。セクハラ野郎がなにを言おうと、恐れることはありません。そもそも悪いことをしたのはアッチですよね。どうして被害者の結城さんが脅されなくちゃならないんですか」

そうだ、悪いのは笠井の方で、結城に非はない。しっかりしろ、と涼一は自分自身を叱りつけた。まんまと笠井の卑怯な手に引っかかるところだった。笠井は涼一と菅野を引き離したいのだ。脅しに屈して菅野と絶縁したら、笠井の思うつぼになってしまう。

「ところで、結城さん」

菅野がずずっと膝を詰めてきて、涼一の膝に触れた。ベッドと菅野の間に挟まれたようになってしまい、涼一はハッと息を飲む。

「返事をください。俺のことは嫌いじゃないんですよね？　前向きに検討すると言いましたよね？検討の結果、どうなったんですか？」

「…………うぅ…………」

こんなに至近距離で迫られたら、言えるものも言えなくなってしまう。正直に想いを告げようと決意していたはずが、恥ずかしさのあまり言葉が出てこない。

それに、ここで自分も好きだと答えてしまったら、恋人としての付き合いが開始してしまう。男同士の性行為について、まだ調べていなかった。求められてもきちんとできないかもしれない。菅野を失望させたらどうしよう。五つも年上なのに、まともにセックスできないなんてダメすぎる。二十九歳にもなってなんの経験もないと知ったら、菅野は呆れるだろうか。経験豊富のふりをすればなんとかなるかもしれない。いやでも、そんなふりが果たして自分にできるのか。菅野の方が経験豊富そうだから、あっというまにバレそうな予感がする。バレたとき、たぶんみっともない。そんな恥をかくくらいなら、最初に言っておいた方がいいのでは——。

「菅野君」

「はい」

涼一は頬を赤くしながら、ぐっと拳を握りしめた。

「俺は童貞だ。それでもいいなら付き合おう」

「は？」

ぽかんと口を開けて動かなくなった菅野に、涼一はにわかに不安をかきたてられた。

「や、やっぱり未経験だとダメか？　でもいままで、そういった行為をしたいと思ったことがなくて……というか、そういう相手が見つからなくて、この年まで来てしまったから」

正確に言うと、自分のセクシャリティをはっきりさせてこなかったせいで、だれとも付き合わないまま二十九歳になってしまったわけだが。

「結城さん……」

菅野が俯いて小刻みに肩を揺らした。どんな表情をしているのか見えない。下から顔を覗きこもうかなと思ったら、菅野がガバッと顔を上げた。笑っていた。涼一の拳をてのひらで覆うようにして握ってくる。痛いくらいに握られて、ぶんぶんと上下に振り回された。

「付き合ってくれるんですね。嬉しいです！」

「えっ、あ、うん」

呆れるどころか喜んでくれたようで、ホッとした。菅野の笑顔につられて涼一も微笑むと、不意に空気が変わる。真顔になった菅野が体をさらに寄せてきた。涼一の両手を握ったまま、顔を近づけてくる。

「結城さん……」

低音の囁きに、心臓がドッと跳ねた。そのまま肋骨《ろっこつ》を内側から叩くほどに跳ねまわりはじめる。

これはキスがくるのか？　キスだろう？　いまからキスされるのか？　どこに？　やっぱり唇か？

内心でのパニックを表に出す暇なんかなかった。菅野のドアップに耐えきれず、涼一は目を閉じる。

柔らかなものが唇に触れた。と思ったら濡れた。

（舐《な》められてるっ？）

緊張のあまり目を開けられないせいで、菅野に唇を舐められているかどうか確かめることができない。でもこの感触は舌だろう。舌以外にはないはず。こういう場合はどうすればいいのか、一瞬でいろいろと考えた。

結果、涼一も舌を出した。いい年をした大人が触れるだけのキスで終わるはずがないという耳年増ぶりを発揮したわけだが、出した舌を即座に菅野の口腔《こうこう》内に取り込まれて慌てた。菅野の口の中で二枚の舌が絡まり合う。吸われたり甘噛みされたりして、わけがわからなくなり、されるがままになっているうちに勝手に体から力が抜けていった。

「んっ……………」

ディープキスがこんなにも気持ちのいいものだったなんて、涼一は知らなかった。いまはじめて知った大人のキスに、頭が真っ白になる。ほぼ菅野の成すがまま状態で、さんざんに口腔を貪られた。眼鏡がずれる。邪魔だと思ったら、するっと顔から取り除かれた。菅野が外してくれたらしい。

背中を両腕でぐっと抱き寄せられて胸が密着した。涼一の右胸に菅野の左胸が当たり、とんでもない速さで鼓動が刻まれていることが伝わってくる。涼一の心臓も激しく鳴っていた。ふたつの鼓動が頭にまで響いてくらくらしてくる。

いつのまにか菅野の舌が涼一の口腔内を弄《いじ》っている。歯茎をなぞられて、上顎をくすぐるように舐められて、くたくたと全身から力が抜けてしまった。逞しい腕に抱きしめられて、痛いほどの抱擁に陶然とする。

こんなふうにされてみたかった——。されてみて、欲していたことを自覚した。

「ん、ん、ん……」

唇はぴったりと重なったまま離れる様子はない。涼一はなんとか鼻で息をしながら、菅野の太い首に縋りついた。

もっと、もっとくっつきたい。もっと触りたい。ひとつになりたい。

菅野のすべてを知りたいというシンプルな欲求が体いっぱいに膨れあがってきて、涼一は泣きそうになった。そっと唇が離れる。鼻先が触れるほどの至近距離で見つめ合った。これだけ近ければ、眼鏡がなくとも菅野がはっきりと見える。

菅野は頬を上気させ、目を潤ませていた。強い欲望を感じて、涼一はぶるっと腰を震わせた。自分も下半身が重くなっている。股間がずきずきと熱い痛みを訴えていた。

菅野の顔に躊躇いが生まれて、逡巡のあと体を離そうとした。涼一はとっさに引き止める。これで終わりなんて嫌だ。もっとキスしたい。できれば、もっといろいろなことをしたかった。

言葉で説明しなくても涼一が目で訴えていることはわかったのだろう、菅野は額と額をこつんとぶつけてきて、ひとつ息をついた。

「そんな目で見ないでください。我慢がきかなくなる」

「……我慢、しなくてもいいいんじゃないか……？」

「ここでこれ以上はちょっと」

「まわりの部屋に人はいないんだろう」

菅野の股間も涼一同様に勃っているのは見てわかる。デニム生地を押し上げている中身を、見たくて仕方がなかった。菅野のそこはどうなっているのか、知りたい。触れるのなら、触ってもみたい。

「なあ……」

甘えてねだるような声が出てしまった。正気に戻ったら羞恥のあまり暴れたくなるかもしれないが、いまは菅野のキスに酔った状態だ。片手を菅野の股間に這《は》わせることまでしてしまった。

うっ、と菅野が喉の奥で呻く。直後に、攫《さら》われるようにしてベッドに引きずり上げられた。

「あ、んっ」

圧し掛かってきた菅野がふたたび唇を塞いでくる。涼一は嬉々として逞しい首に両手を回した。濃厚なキスに夢中になりながら、おたがいの股間を押しつけ合う。固い屹立《きつりつ》の感触は、涼一を歓喜させた。菅野の手が性急に涼一のベルトを外しにかかる。涼一もそれに倣って手を這わせ、デニムのボタンを外した。

「んんっ！」

涼一が菅野の熱に触れたとき、涼一のものも菅野に触れられる。他人にはじめて触られる快感に震えながら、涼一も菅野を震えさせた。片手では掴みきれないサイズのものは、あきらかに涼一とはちがう。菅野の大切な部分を握っているんだと、しみじみとした喜びが胸いっぱいに広がった。

「そのまま、動かしてください……」

掠れた低音でお願いされて、涼一はおずおずと手を動かした。菅野が眉間に皺《しわ》を寄せて熱い息を吐くのを、涼一は潤んだ視界の中でとらえていた。菅野の手も、涼一の欲望を扱《しご》きだす。

「あ、あ、あ、あ……」

扱き合うだけで、蕩けそうに感じた。気持ちよくて、菅野への愛撫《あいぶ》が疎かになりそうだ。こんなことははじめてのうえに、途切れ途切れの愛撫ではちっともよくないだろうに、菅野は文句をひとつも言わなかった。

最後には二本のペニスを重ねて、いっしょに扱きあげた。菅野の立派なペニスをまともに見て、その男らしい色つやに胸が高ぶった。

「すごい……」

大きくて、格好いい。素直な感嘆が、ぽろりと口からこぼれる。菅野が呻いて、ペニスがぐんっと反りかえった。さらにサイズを増したわけで、涼一は驚かずにはいられない。

「結城さん、無意識に言葉攻めをしないでください」

「えっ、なにが？」

意味がわからない。きょとんとして顔を見たら、嚙みつくようなキスをされた。乱暴なくらいの強さで舌を絡められる。痛いほど舌を吸われても、涼一は嬉しいだけだった。ペニスは二本まとめて菅野の大きな手で嬲《なぶ》られる。そのまま追い上げられて、涼一は絶頂を迎えた。キスで口を塞がれていなかったら、派手な声を上げていたかもしれない。

びくびくと全身を波打たせながら、白濁を迸らせる。すこし遅れて、菅野もイッた。二人の腹を、二人分の体液が汚す。どれがどっちのものかなんてわからない。混ざっている体液を見て、涼一は満足だった。

◇

耳元で電子音が鳴っている。安眠を妨害するしつこさだ。俊介は手探りで音源を探し、固いものを見つけた。薄くて四角いものだ。携帯端末でアラームの設定をしていただろうかと、寝ぼけた頭で考えながら薄目を開けた。

「電話か……？」

アラームではなく公衆電話から電話がかかってきているようだ。時刻は朝の六時。こんな時間にいったいだれが公衆電話なんかからかけてくるのかと不思議に思ったが、深く考えることをせずに応答した。

「はい、もしもし？」

第一声は寝起きなのでかなり掠れていた。だが相手には聞こえたはずだ。それなのに返事はない。

「もしもし？　どちらさまですか？」

再度聞いたが、向こうは沈黙している。数秒間待つあいだに、俊介はしだいに頭がはっきりしてきた。やっと不審に感じはじめたとき、ブツッと通話が切れた。間違い電話だったのかなと、携帯端末をまじまじと眺め、違和感を抱く。

「これ、俺のじゃない……ような……」

よく見ると、自分の携帯端末ではない。では、だれのものだ？

ハッと起き上がり、自分の傍らに結城が寝ているのを発見した。ワイシャツ一枚で毛布にくるまっている結城は、カーテンの隙間から漏れる朝日にキラキラと輝いて見えた。

「そうだ、昨日の夜、俺……」

結城を会社の寮に連れ帰ったのだ。そして近藤についての話をしてあらためて気持ちを告げ、幸運なことに結城は応えてくれた。その後のめくるめく――とまではいかなかったが、結城が俊介に体を触らせてくれた。驚いたことに結城ははじめてだと言った。

（こんなにきれいな人がいままでだれにも許していなかったなんて信じられないけど、こんなことで

嘘をつく人じゃないと思うから、きっと本当なんだろうな）

自分が結城のはじめての人になれたことは幸運だ。しかも無防備な寝顔を晒してくれている。手で愛撫して達した後、余韻を楽しみながら結城を抱きしめて寝転がっていたら、いつのまにか寝息をたてていたのだ。そのまま泊めてしまった。

やっぱり結城はきれいだと、しみじみ思う。昨夜、どこもかしこもきれいなことを確認した。快感に抗いながらも流されて喘《あえ》いでいた結城の美しさは、もう言葉にできないくらいで――。イクときの表情を俊介が食い入るように見つめていたと知ったら、結城はどんな反応をするだろうか。怒って、二度と触らせないと鬼畜なことを言い出しそうなので黙っていよう。

（起こした方がいいよな。結城さんも俺も仕事があるし……）

もしかしたら一度帰宅したいと言うかもしれない。スーツは皺にならないように脱がせてハンガーにかけてあるが、ワイシャツは当然のことながらくしゃくしゃだ。俊介のワイシャツを貸してもいいが、サイズがまったくちがうのでぶかぶかだろう。そのぶかぶかシャツを結城が着た姿を想像して、俊介は股間が熱くなりそうになった。

（ヤバい、それって彼シャツってやつ？）

一度見てみたい。だが結城は恥ずかしがって怒りそうだ。ああでも、見てみたい。お願いしたら着てくれるだろうか。

悶えながらあれこれと妄想していたら、結城がうっすらと目を開けた。何度か瞬きをして、上体を起こしている俊介を見上げてくる。ぼうっと見つめていたかと思ったら、白い頬が鮮やかな朱色に染まった。昨夜のことを思い出したのだろう。

「おはようございます、結城さん」

「お、おはよう……」

視線を逸らしながら、毛布をずるりと顔まで引き上げて隠れる結城が可愛い。

「いま六時です。ここから若葉ビルは近いですけど、どうしますか？　一度、家に帰ります？　だったら送りますよ」

毛布から顔を出して、結城が「は？」としかめっ面になった。

「そんなことをしていたら、君の出勤時間が過ぎてしまうんじゃないか？　俺より早いだろう」

「んー……清水さんに相談すれば、すこしくらい遅れても大丈夫だと思います」

「なに言っているんだ。こんなことで遅刻していいわけないっ」

結城がキッと睨んできても、俊介は嬉しいばかりだ。好きな人に怒られると、わりと楽しいことを知った。実際、俊介が多少遅刻しても現場は清水がうまくフォローしてくれるだろう。だが真面目な結城は許してくれそうにない。

「だったら、俺のワイシャツを着て出勤してくださいよ」

「えっ？　君のワイシャツ？　絶対に大きいだろう。嫌だ」

「でも結城さんが着ているシャツはしわだらけですよ。どうするんですか。俺が送っていくんじゃなければ家に帰るのは許可しません」

「どうして君の許可が必要なんだ。横暴なヤツだな」

「横暴なんかじゃないです。ただ、結城さんと離れがたいだけです」

きっぱりはっきりと言ってやったら、結城は絶句してじわりと首まで赤くなった。またもぞもぞと動いて毛布の中に隠れようとする。可愛すぎて顔面筋肉がだらりと弛緩《しかん》したのがわかった。結城は自分をきゅんきゅんさせる天才だと思う。

「結城さん、それって、俺を誘っているんですか?」

「そんなわけないっ」

毛布でくぐもって聞こえる結城の声が、怒っているのではなく照れまくっているだけとわかるから、つい手が伸びてしまう。毛布の下へ滑りこませて結城の足を撫でた。

「おい、触るな」

焦ったように壁際へと逃げるが、俊介の手が届く範囲でしかない。膝から内股へと手を這わせると、結城がばたばたと暴れた。

「やめろってば！　朝っぱらからなにするんだよ！」

「えー、なにって、結城さんを可愛がろうと……」

「おまえバカじゃないか?　バカだろ！」

毛布から顔を出した結城は、額から耳から、さらに鎖骨のあたりまで真っ赤っ赤になっていた。本当にこのままエロいことをしたかったが、初心《うぶ》な結城を追い詰めすぎてもまずいだろうと、手を引っこめる。そういえば、さっき電話がかかってきたことを言わなければならなかった。

「結城さん、先に謝っておきます。さっき携帯に電話がかかってきて、俺、寝ぼけていたから間違って出ちゃいました。これ、結城さんの携帯ですよね」

「こんな時間に電話？」

「公衆電話からかけてきていたみたいです。俺が出たせいだと思うんですけど、切れました。すみません」

結城は携帯端末を触り、着信履歴を確認している。心当たりがないのか、首を傾げた。

「だれだろう…。間違い電話かな」

「そうかもしれませんね。メールは来ていませんか」

「来ていない」

二人でしばらく考えて、間違い電話と結論づけた。

「結城さん、いつのまにこんなところに携帯を置いたんですか」

「何時だったかな…。ちょっと目が覚めたときに、スーツのポケットから出した。俺、寝起きが悪いから、アラームを設定しておかないとまずいと思って」

「結城さんって、寝起きが悪いんですか？　それにしては、いますんなり起きていますけど」

「それは、だって……」

結城はもじもじと頬をピンク色に染めながらそっぽを向く。

「目が覚めて君がいたら、驚くだろう」

ああもう、なんて可愛い人なのか。五つも年上で、今年三十歳になるとは、とうてい思えない。愛らしすぎる。抱きしめて頬ずりして顔中にキスしたい。そんなケダモノじみた欲求は爽やか系を気どった笑みの下に隠した。いつまでもこうしてベッドの上でぐだぐだしていたい気持ちも、おくびにも出さない。

脇の棚に置いておいた眼鏡を結城に手渡しながら、ベッドから出る。

「腹が減りましたね。食堂でなにか調達してきます」

「そんなことができるのか？」

「食堂はもう開いています。俺たちのほとんどは三交代制なんで、だいたいの交代時間に合わせてなにか作って置いてくれるんですよ。惣菜《そうざい》と味噌汁とかが、鍋ごと並んでいて、セルフで食べるんです。お握りならあるんじゃないかな」

食堂の人は大変だなと感心している結城をベッドに置いて、俊介は部屋を出た。食堂では数人の同僚が朝食を取っている。俊介が結城を連れこんだことに気づいた同僚はいなさそうだ。知られたとしても男なので咎められることはないだろうが。

トレイにお握りをいくつか乗せて、部屋で食べるからと食堂から持ちだした。

「ただいま。お待たせしました……って、なにやってんですか、結城さん！」

簡易キッチンに、ワイシャツ一枚姿の結城が立っていたのだ。驚きのあまり俊介はうっかりトレイを落とすところだった。寝起きのままのしわしわシャツの裾からは、すんなりと細くて白い足が丸見えになっている。下着はつけているようだが、おそろしく色っぽかった。

「なにって、お茶ぐらい淹れた方がいいかなと思って、湯を沸かしているところだ」

「……ありがとうございます……」

彼シャツ姿ではないがそれに限りなく近い格好に、俊介はどぎまぎしながら視線を逸らした。

「お握りをもらってきました。あの、お茶は俺が淹れるので、スラックスを穿《は》いてくれませんか」

「ああ、みっともない格好をして悪かったな」

「いえ、みっともなくなんかないです。目のやり場に困るので隠してほしいだけです」

「は？　なにを言っているんだ？」

結城は本気で意味がわからないようだ。首を傾げているので、俊介はため息が出た。

「結城さんの生足が色っぽすぎて、俺の息子が元気になってしまいそうなので隠してほしいと言ったんです」

「色っ………」

結城は絶句し、カーッと首から上を真っ赤にした。慌ててハンガーにかけてあるスラックスを取り、足を突っこんでいる。俊介はクローゼットから新品のワイシャツを出した。

「これ、サイズが大きいと思いますが、とりあえず着てください。スーツの上着を着てしまえば、ぶかぶかでも目立たないんじゃないですか」

「……着てみる」

まだ頬を赤くしたまま、結城はワイシャツを受け取ってくれた。くしゃくしゃのシャツを脱ぎはじめたので、俊介は簡易キッチンへ戻り、お茶を淹れる。

「菅野君って、やっぱり大きいんだな」

広げたシャツを見てしみじみと呟いているらしい結城の素直な感想に、俊介はどうしてもエロフィルターをかけてしまう。「やっぱり大きい」って、どこが？　どこが大きいって？　といった具合に。

結城が深い意味など持たせずに発言しているのはわかっている。俊介は冷静になれと自分に言い聞かせながら、ラグに座って結城と向き合い、お握りを食べた。

「ところで、菅野君」

唇の端に米粒をつけながら、結城が真顔で聞いてきた。

「君の仕事のことなんだけど……」

「はい？」

「笠井部長があることないことスガノ警備に言ったら、本当に君の立場はまずくならないのか？」

「そのことですか。大丈夫ですよ。俺、これでも有望な新人の一人なんで、そんなことくらいでクビにはなりません。もしも、あのセクハラ部長が口から出まかせで俺を陥れようとしたら、断固として闘います。あいつ、賢そうには見えないから嘘なんて精査すればわかりますよ」

安心してください、と微笑んだのに、結城の顔は晴れない。実際に解雇される可能性はないではない。父親は息子の不祥事を見逃すほど甘くはないからだ。だが結城との付き合いはまったくプライベートのことだし、なんら後ろめたいことはない。笠井がどうこじつけて会社に言いつけるかわからないが、そのくらいの判断を父親が誤ることはないと信じている。

だが結城はスガノ警備の社長を知らないいし、俊介をただの一社員だと思っている。打ち明けていないのだから当然だ。いまここで言ってしまおうかどうしようか、俊介は迷った。

想いが通じ合って、こういう関係になった以上、隠し事をするのはまずい。できるだけはやく話した方がいいのはわかっている。

「あの、結城さん……」

「君、貯金はいくらある？」

いきなりの質問に、俊介は面食らった。

「クビになるかもしれないという、最悪のパターンも考えておいた方がいい。ならなかったらそれでいいけど、もし仕事を失くした場合、生活していけるのか？　就職してまだ一年だろう。寮暮らしなら生活費はそれほどかかっていないかもしれないが、貯《たくわ》えはそんなにないだろう？　失業手当をあてにしても……」

うわぁ、と俊介は声を上げそうになった。結城は真剣に考えすぎて青くなっている。俊介は急いで抱きしめた。宥めるために背中を叩く。

「大丈夫、大丈夫ですから。もしクビになっても、実家に頼れるので、それほど心配してくれなくてもいいです」

「実家？　そうか、頼れる実家があるのか……」

強張っていた体からふっと力が抜けたのがわかって、俊介も安堵した。

「君のご両親は健在なのか？」

「めちゃ元気です。両親ともにまだ五十代なのでバリバリに働いていますよ。じつは会社を経営しているので、わりと裕福です。兄が事業を継ぐことになっていて、もう父親の手伝いをしています。だから大丈夫！」

「会社経営……」

体を離した結城は俊介の顔をまじまじと見つめたあと、不意に優しく微笑んだ。結城が次になにを言うか、俊介は身構える。過去に付き合った人たちは、俊介の実家に多大なる期待をして依存しようとしてきた。そのたびにすくなからず失望したものだ。結城の人柄を信じてはいるが――。

「そうか、そうだったのか。それなら安心だな。よかった。君がクビになったら俺のせいだから、生活を支えてあげなくちゃいけないと思っていたんだが、そこまでできるかどうか自信がなくて……。でもしっかりしたご実家があれば、いったん帰って、生活基盤からやり直すことができる。君を路頭に迷わせることにはならないんだね」

結城の想いに、俊介は胸をじんと熱くさせた。こんなに優しくて善良できれいな人を、ほかに知らない。絶対に手放すものかと、俊介はもう一度ぎゅっと抱きしめた。唇にチュッとキスをして、ついでに唇の端についていた米粒を食べてあげる。

「結城さん、大好きです」

あふれる想いを言葉にしたくても、文系ではない俊介の脳は語彙《ごい》がすくない。もっとたくさん結城を賛辞したいのに。

おずおずとした動きで結城が俊介の背中に腕を回してくる。耳が赤くなっていた。

「その、呼び方のことだが。君はいつまで俺を名字で呼ぶつもりなんだ？」

「名前で呼んでもいいんですか？」

「……普通、付き合ったらそうなんじゃないのか」

ぶわっと結城のうなじあたりから甘い香りが立ち上った。昨夜は風呂を使っていないし、たぶん汗の匂いなのだろうが、いい香りだとしか思えない。煽《あお》られて俊介も体が熱くなってきた。

「じゃ、じゃあ、涼一さんって呼んでもいいですか？」

「好きなように呼べばいい」

もごもごと返事をする結城がどんな表情をしているのか見たいが、抱きしめた体勢では体臭を鼻孔で堪能するしかない。

「俺のことも、名前で呼んでくださいよ」

「…………なんだっけ？」

がくっと脱力しそうになったが、もしかして照れ隠しかもしれないと思いなおし、「俊介です」と耳に囁いた。

「涼一さん、俊介って呼んでください」

「……いま？」

「いまです。涼一さん」

「……それは、また今度」

「どうしてですか。呼んでくださいよ」

「また今度！」

結城が腕を突っ張って俊介を引き剝がしてきた。見えた顔は案の定、額まで真っ赤になっている。美人のくせにどうしてこんなに可愛いんだと激しく興奮した俊介だが、ぐっと奥歯を嚙みしめて堪えた。うっかり爆発したら結城をこの場で押し倒してしまいかねない。昨夜は精一杯の自制心でもって、あれだけの行為で留《とど》めたというのに、その努力が水の泡になってしまう。

初心者の結城は触りっこだけでとりあえず満たされてしまうくらい初心なのだ。段階を踏んで接触していかないと逃げられかねない。

「とりあえず、お握りを食べよう。君は出勤しないといけない」

「そうですね」

このとき食べたお握りの美味しさを、俊介はたぶん一生忘れないだろうと思った。

◇

「そろそろ時間だな……」

涼一は腕時計で時間を確認して、席を立った。若葉ビルの最寄り駅構内にあるコーヒーショップで時間を潰していたのだ。朝の通勤ラッシュ時間帯だ。店から出るとスーツ姿の男女が改札口からどっと吐き出される。人の波に合流して、涼一も職場へ向かって歩き出した。

じっと座っているときには気にならなかったワイシャツの違和感が、なんともこそばゆく感じる。菅野から借りたワイシャツはやはりサイズが大きくて、スーツの下で布が余っていた。今日は絶対に上着を脱げないなと思う。三月末という季節がら、脱ぐことはないだろうが。

昨夜のことを思い出すと、顔から火が出そうになる。

我ながら、大胆なことをしてしまったものだ。菅野が引かないでいてくれてよかった。はじめての経験は衝撃的で、けれどたまらなく気持ちよくて、またしたいと思ってしまうくらい好きになった。

今夜、また菅野は会おうと言ってくれた。いままでのように自宅最寄り駅で会うのではなく、どこかで待ち合わせて食事をしようと誘われたのだ。

(そのあと、どこかで二人きりになれるのかな……って、なにを考えているんだ)

昨夜のようなことを期待している自分に、涼一はびっくりしてしまう。三十歳近くまでそういった行為とは無縁だったのに、いきなりいろいろなことを期待しはじめているなんて、はしたない。

（……菅野君もそういうことを考えるのかな……）

涼一より若くて経験もあるわけだから、当然考えるのだろう。昨夜の菅野はあれ以上を求めてこなかったが、どこまで欲しいと思っているのかわからない。

涼一は菅野と触れ合うだけでも、とても満たされた。

（菅野君のあそこ、立派だったな）

リアルに形状やら熱さやら固さやらを思い出してしまい、涼一はカーッと赤面した。まわりの人に見られないように俯く。

（そうだ、名前で呼ばなくちゃいけないんだった）

今度二人きりになったとき、俊介と呼べるように心の準備をしておかねば。

呼んでほしそうだったから、呼べばきっと喜んでくれるだろう。涼一も菅野に名前で呼ばれて嬉しかった。耳元で甘く囁かれたときには、腰砕けになるかと思ったくらいだ。

（ああ、ダメだ。これから仕事だっていうのに、菅野君のことばかりを考えている）

ため息をついて思考回路を切り替えようと努める。だがそれも若葉ビルの正面玄関に立つ菅野を見てしまった瞬間に、台無しになった。

「おはようございます、結城さん」

いつもの朝のように、はきはきと挨拶してくる菅野の笑顔が眩しい。ここでは名字で呼ぶのは当然だとわかっていても、ちょっと寂しさを感じてしまった。

「おはよう」

できるだけ鷹揚に頷いて、菅野の横を通り過ぎる。一瞬、アイコンタクトのようなものがあった。

それだけで、ふわっと心が浮き上がるような喜びが生まれ、口元がだらしなく緩みそうになってしまう。歩く足が軽い。視界までもが色鮮やかになったような気がするから不思議だ。恋人ができると、こんなにも世界が変わるのだと、結城はこの年になってはじめて知った。

「結城君っ」

エレベーターへ向かおうとした涼一は、いきなり呼ばれて声の方を振り向いた。ビルの一階には出勤してきた社員たちが何十人もいる。そのほとんどはエレベーターホールを目指していた。その流れに逆らって、一人の男が歩いてくる。

営業部長の笠井だった。朝だというのにスーツは皺だらけで、髪も乱れている。近づいてくるにしたがって、顔色が悪いことにも気づいた。目の下にはクマが浮き、無精髭が生えている。引きつったように強張った笠井のこんな顔を見たのははじめてだった。

一直線に涼一へと歩み寄ってくる笠井の尋常ではない様子に、周囲の社員たちが足を止めて眺めている。広いエントランスロビーの真ん中で、涼一も立ち止まざるを得なくなり、ほんの二メートルほどの距離を置いて、笠井と対峙することとなった。ギラつく目で凝視されて不快感がわきおこる。だが上司である以上、無視することはできない。

「部長、おはようござ――」

「ゆ、結城君、昨日の夜はどこに泊まったんだい？」

上擦った声で、笠井が朝の挨拶もすっ飛ばして聞いてきた。昨夜どこに泊まったかなんて、笠井にはまったく関係ないことだ。

「君、昨日は家に帰らなかっただろう。どこへ行っていたんだ？」

「……どうして俺が家に帰らなかったことを知っているんですか」

また自宅付近を見張られていたのかと、ぞっとしながら聞き返す。上司に対して一人称がうっかり「私」から「俺」になってしまっていたが、それどころではない。

「いいから、答えなさい。どこに泊まったんだ。僕にことわりもなく外泊したのかっ」

「笠井部長に報告の義務なんてありません。なにを言っているんですか。わけのわからないことをわめかないでくださいっ」

社員たちが遠巻きに見ている。会話は筒抜けだ。みんな不審そうにこちらを注視していた。

「だれかと一緒だったのか？　一緒だったんだろう？　ど、どこかの、だれかと、一夜をともにしたのか？　あの警備員か？　僕というものがありながら！」

「やめてください。誤解を招くような言い方はしないでください」

「誤解なんかじゃない。本当のことだ。僕がどれほど心配したか、君はわかっていない。どこに泊まったのか、だれと一緒だったのか、言いなさい！」

「部長にそんなことを報告する義務なんかありません」

「き、君の、君の携帯に出たのはだれだ！　言え！」

早朝、公衆電話から涼一の携帯端末に電話をかけてきたのは笠井だと判明した。朝まで帰宅しなかった涼一がどこでなにをしているのか気になって電話してきたのだろう。そこで菅野が自分の携帯と間違えて応じてしまったわけだ。

「俺がだれとどこへ行こうと、部長にはまったく関係ありません」

「か、か、関係…ないだと…？」

笠井は全身をぶるぶると震わせる。顔を醜く歪め、泣きそうになった。

「こんなにも、こんなにも君のことばかりを考えている僕に、関係ないなんて、よく言えるな。僕の愛を馬鹿にするのか！」

涼一は眩暈を覚えた。周囲がザワつきはじめたのがわかる。男同士の痴情のもつれ。そうとしか思えない会話だろう。視界の隅で、携帯端末を触っている社員がいる。情報は一気に拡散するにちがいない。

「失礼」

横から紺色の制服が割りこんできた。見上げる横顔は、菅野のものだ。厳しい目を笠井に注いでいる。笠井の背後にはおなじく制服姿の清水が近づこうとしていた。

「ここでは他の社員の邪魔になります。場所を変えて話し合いをしてはどうですか」

やんわりと制した菅野に、笠井がギラついた目を向けた。

「おまえだ！　その声！　電話に出たのはおまえだろう！　結城君になにをした。一夜をともにして、なにをしたんだ！」

「落ち着いてください」

「僕の結城君を、汚したのか！　おまえの汚れた欲望で、結城君を堕落させたのか！　よくも横取りしてくれたな。僕だけの結城君だったのに、おまえが横取りしたんだ！　結城君は純真だから、おまえのような悪魔の言葉に騙《だま》されて、僕を邪険に扱うようになってしまって！　くそっ！」

笠井が菅野に摑みかかった。菅野なら難なく避けられるはずなのに、胸元を摑まれて揺さぶられている。涼一は慌てて笠井を止めに入った。

「部長、やめてください。彼とは確かに親しくなりましたけど、なにもされてなんかいません！」

「いいや、君の態度の変化は、この男のせいにちがいない。こんな一介の警備員となんか仲良くなって、君は大馬鹿者だ！」

「部長、とにかく、場所を移しましょう」

こんなところでこれ以上やりとりをしたくなかった。

笠井と涼一のどちらの言い分が正しいかどうかなんて、きっと周囲で様子を窺っている社員たちにはいっさい関係ない。ただ見聞きしたことを流布するだけだ。社長の甥である笠井と付き合っていて修羅場になったなどという話がまことしやかに囁かれることになったら、涼一はここにいられなくなるかもしれない。いままで守ってきた立場が、一気に崩れかねなかった。

そして同時に、涼一は菅野がどう思っているのか気になった。笠井のような男につきまとわれて絡まれている涼一を、面倒臭いと感じていないだろうか。いままで散々気を配ってくれてボディガードのようなことまでやってくれていたが、もう御免だと投げ出したい気持ちになっていたらどうしよう。

昨夜、やっと素直になれて、好意を口にすることができた。これで愛想を尽かされたら、涼一は泣くに泣けない。

「部長、お願いですから……」

「結城君、なあ、結城君、僕を捨てて、若い男に走るのか。若ければいいのか。君はそんなに薄情な人間だったのか！」

笠井の頭の中では涼一はいったいどんな存在だったのか。どんな妄想の果てに創作が真実になってしまったのか。たとえ想像だとしても、涼一は全身に鳥肌が立つくらいの嫌悪を感じた。昨夜の幸せな記憶がなければ耐えられないほどの悪寒に、涼一は足を震わせる。眩暈を覚えてふらついた涼一の腕を、とっさに菅野が摑んでくれた。一瞬だけ、視線が絡まる。純粋に涼一の身を案じてくれているとわかる目だった。その目に、涼一はホッとする。大丈夫、菅野はまだ好きでいてくれている——。

その、ほんの二、三秒の無言のやりとりに、笠井は敏感に反応した。

「おまえ……！」

笠井が菅野の手を涼一から引き剝がそうとした。

「触るな！　僕の結城君に触るな！　その薄汚い手を離せ！」

「部長っ」

なんとか宥めようとしても、笠井には冷静になるつもりはないのか、まったく耳をかさない。

そこに、火に油を注ぐような発言を、菅野がしてくれた。

「……たしかに電話に出たのは自分です。一晩、涼一さんと一緒にいました。ひとつのベッドで寝ましたよ。それがどうだと言うんです」

「きさま……っ」

笠井の顔が赤く染まっていく。目が血走って、完全に理性を失っているのがわかった。危ない。

「菅野君っ、なにを言っているんだ」

「昨夜、涼一さんと一緒にいたのは本当ですから」

菅野は堂々と胸を張って暴露してしまう。笠井をわざと怒らせようとしているとしか思えない。

「俺は涼一さんを好きです。この気持ちはだれにも恥じるものではありません。昨夜の幸せな時間は、一生の宝物です」

「菅野君、黙れっ」

慌てて菅野の口を塞ごうとしたが、もう遅い。赤かった顔を青ざめさせ、わなわなと紫色の唇を震わせて、笠井が涙ぐむ。

「君は、その美しい体を、この男に好きにさせたのか。なんてことだ。なんてこと！」

ふらりと両手を上げて結城へと伸ばしてくる。反射的に、その手から後退った。笠井になんか触れられたくなかった。あからさまに拒絶したら悪い結果がついてくるかもしれないなどということは、このとき完全に頭から抜けていた。ただ、笠井が嫌悪の対象でしかなかったのだ。

笠井は傷ついた表情になり、よりいっそう顔色を悪くした。

「結城君……以前はあんなにも私に優しくしてくれていたのに、拒むのか？　次の男が見つかったから、僕はもういらないのか？　ゴミのように捨てるんだな。なにもなかったことにしたいんだな。僕を踏みにじって平気な顔をするんだな！」

「もう、気持ち悪いことを言わないでください！」

その醜悪な口を黙らせたくて、叫んでしまった。

笠井の顔からすっと表情がなくなった。魂が抜けてしまったかのように、生気も感じられなくなる。肩で数回、呼吸をしたかと思ったら、笠井はスーツのポケットに右手を突っこんだ。

「キャッ」

遠巻きにしていた野次馬の社員たちから、女性の悲鳴が聞こえた。笠井の手には、ちいさなナイフが握られていた。銀色に光る刃《やいば》を、涼一は茫然と眺める。まるで現実味がなかった。ここは職場で、朝の出勤時間だ。日常が淡々と繰り返されるべきところなのに、非日常である刃物が出てきた。

これはなんだ。いったいこれは、なんのためのものだ。

「気持ち悪い……。僕が？　僕が気持ち悪いと言ったのか？　僕の愛は本物だ。僕を気持ち悪いと言う君はおかしい。君はそんなヤツだったのか。こんなにも君のことを想っている僕に対して、それはないだろう」

じわりと眉尻を下げて、悲しそうな表情になった。だがその目にあるのは、憎悪だった。

平穏な生活を送ってきた涼一にとって、ここまでの負の感情をぶつけられたことなどない。恐ろしさのあまり息を飲んだ。足が竦んで動けない。

「君を、君を心から愛していたのに……！」

ナイフを持つ右手が振り上げられた。

棒立ちになっている涼一に容赦なく振り下ろされる瞬間、その腕が消えた。いや、笠井の背後から、紺色の制服に包まれた手が伸びて摑んだのだ。菅野だった。

一瞬で笠井の体が床に引き倒されて、うつ伏せにされる。摑んだ右腕を背中側にねじり上げた菅野は、膝でぐっと腰を押さえつけた。最初から打ち合わせができていたように、すかさず清水が制服のどこかから紐《ひも》状のものを取り出す。素早く笠井を縛りあげた清水は、駆けつけてきた他の警備員たちに警察に通報するよう、指示を出した。

ナイフは笠井の手から落ちている。それを菅野が白い布で包んで拾うのを、涼一は唖然として見ているしかなかった。菅野がそっと視線を合わせてくる。

「大丈夫ですか」

涼一は答えられなかった。

ぜんぜん大丈夫じゃなかった。時間にして、ほんの五分ほどの出来事だっただろうか。だが涼一の目の前を真っ暗にさせるだけの衝撃を秘めた、とんでもない出来事だった。

床に倒れたまま捕縛された笠井は、茫然として動かない。その目がこれからなにを見て、自分が引き起こした事件とどう向き合っていくのか、涼一にはわからない。ただ、もう笠井の言動に悩まされることはないのだろうと、それだけはわかった。

終わった。たぶん、笠井の問題だけは。

けれど、これが新たな問題のはじまりでもあると、涼一は確信していた。

パトカーのサイレンが遠くの方から聞こえてくるにしたがって、周囲を取り囲む野次馬が増えていく。彼らは通りすがりの人間じゃない。若葉ビルで働いている同僚たちだ。この出来事をどう受け止め、どう消化していくのか——。

いままでのようには働けないかもしれない。あるていどの覚悟が必要になる……。

涼一は菅野と目を合わせ、安心させたくて微笑もうとしたが、口角がわずかに動いただけだった。

◇

笠井を警察に引き渡したあと、俊介と清水は警察に話を聞かれた。そのあと、若葉損害保険に報告し、最後にスガノ警備へ報告した。そのころにはもう夕方になっていた。

スガノ警備の本社で清水と別れたあと、俊介は携帯端末で結城に電話をかけた。すぐに留守番電話に切り替わってしまい、結城は応答してくれない。メールも送ったが、返信はなかった。結城がどうしているのか知りたい。

自分たちが警察に話をしているあいだ、結城もおなじように事情を聞かれていたことまでは知っている。笠井はとりあえず傷害未遂で逮捕された。今後、結城に対するセクハラとストーカー行為が問題になるだろうが、実際には結城はケガを負っていないので罪としては軽いだろう。それよりも心神喪失だとかで精神鑑定に回されるかもしれない。笠井はあきらかに常軌を逸していた。とにかく、今後対応するのは若葉損保の弁護士であり、俊介たちは関係なくなる。

だが結城は当事者だ。結城がいまどこでどうしているのか。

実際には俊介も関係者のはしくれだが、結城とは友人関係で笠井が言うような恋愛関係ではないことになっている。あのとき、警察が来るまでに結城と口裏を合わせた。俊介は本当のことを言ってもかまわなかったのだが、結城が断固として拒んだのだ。

結城がそう望むのなら、俊介に否《いな》はない。ゲイではないと警察に証言すれば、笠井とはなにもなかったと証言しやすいだろう。痴情のもつれなどではなく、完全なる笠井の妄想の産物だと主張できるのは確かだ。

だが結城が当事者であるという事実は動かない。警察で足止めを食い、なにか大変な目にあってはいないだろうかと心配でならない。なんのレスポンスもないことに業を煮やし、俊介は藤崎に連絡を取ることにした。

「といっても、涼一さんの実家の電話番号なんか知らないな……」

近藤に聞いてみるという案が思い浮かんだが、たぶん知らないだろう。

「そうだ、会社の様子だけでも聞こう」

俊介はスガノ警備の本社を出てタクシーを拾った。結城の自宅の最寄り駅を告げ、とりあえずそっち方面へ向かってくれと頼む。動き出したタクシーの中で、近藤に電話をかけた。就業時間は過ぎているが、たぶんまだ仕事中だ。年度末の三月末は明日の木曜日だというのに、営業部長の笠井と係長の結城があんなことになったわけだ。きっと落ち着かない中で仕事をしていることだろう。

出てくれるかどうかは賭けだったが、十回以上の呼び出し音のあと、応答があった。

『もしもし、俊介?』

「忙しいところゴメン。そっちはどう?」

それだけで意味は通じるはずだ。近藤は正確に質問の意図をくみ取ってくれて、『最悪よ』と返してきた。

『あのバカ部長のせいで社内はとんだ大騒ぎよ。このクソ忙しい年度末に、どうしてこんな事件を起こしたのかしら。ここまで頭悪いとは思ってもいなかったわ!』

近藤はそうとう立腹しているようだ。それもそうだろう。ひとりよがりの妄想の果てに、憧れの結城係長を傷つけようと刃物を出して警察に連れていかれたわけだ。俊介だって相当腹を立てている。

「事態はどう収拾しそうだ？」

『そんなことヒラの社員にわかるわけないじゃない。役員に招集がかけられたのは知っているわ。緊急会議が開かれて、笠井部長と結城係長の処遇が話し合われたみたい。まるで係長までも犯罪者扱いよ。あいつら、とにかく一刻も早く事件をなかったことにしたいに決まってる。だから最悪の場合、二人とも切られる恐れがあるわ』

「二人とも？　涼一さんは悪くないのに？」

それは結城にとって、受け入れがたい結末だろう。藤崎との生活を守るために笠井のセクハラを我慢してきたのだ。

『そりゃあね、係長が被害者だってことくらい、ほとんどの社員はわかってる。どう見ても、係長が部長に靡《なび》くとは思えないもん。部長の方が実力も人望もなかったし、外見だって係長とは月とスッポン、ダイヤモンドと炭、蝶々《ちょうちょ》とゴキブリって感じなんだもん』

自社の営業部長をゴキブリ扱いした近藤は、鼻息荒く『ムカつくわ！』とわめいた。

『言っとくけど、あんたのこともウワサされてるからね。女子のあいだでは、俊介のこと、わりと話題になっていたんだから。背が高くてカッコイイ警備員がいるって。それが結城係長といつのまにかデキていて笠井部長と三角関係になってたわけだから、騒然って感じよ。係長、魔性の男とか、変な呼び方されはじめちゃったんだから。あんたのせいよ』

「それは、スミマセン……」

笠井への挑発的発言は、できるだけ声のボリュームを抑えたつもりだったが、しんと静まり返ったエントランスロビーでは、思っていたより響き渡っていたのだろう。

『結城係長はあれから戻ってきていないわよ。警察に行って、そのまま帰ったと思う。会社の方からしばらく自宅で静養するようにってお達しがあったみたい。明日が年度末で係長が不在なのは困るけど、課長がなんとかするって断言してくれたし、よその課から応援が来てくれているから、たぶんこっちは大丈夫』

仕事がなんとかなりそうだというのは、混沌《こんとん》とした中での唯一の朗報だ。

『問題は係長が復帰できるかどうかってところね。もし笠井部長だけが処分されて係長が戻れたとしても、すっごく居心地が悪いかもしれない。なにせ、腐っても笠井部長は社長の甥なわけだから。あたしは係長が悪くないって知っているけど、全部の社員が味方ってわけじゃない。こんな事件に巻き込まれるだけで性根が悪いはずってレッテルを貼りたがる人間はどこにでもいるから』

近藤は憤っていながらも冷静に分析していた。なるほどと頷ける部分が多い。

「そういう雰囲気っていうのを、結城さんは……？」

『課長が結城係長に現状を伝えているはずだから、知っているんじゃないかな……』

「そうか……」

電話の向こうで近藤が重いため息をつく。「ありがとう」と礼を言って通話を切り、俊介は車窓を眺めながら結城のことを考えた。セクハラが刃傷沙汰《にんじょうざた》にまで発展してしまい、結城はどれだけ心を痛めているだろうか。笠井がおかしくなったのは結城のせいではないし、会社内がゴタゴタしているのも結城のせいではない。だが真面目な結城のことだ、自分を責めてはいないかと気になって仕方がない。それが取り越し苦労ならそれでいい。

もし若葉損保を辞めなければならなくなったら、結城はすぐにでも再就職先を探すはずだ。彼には藤崎との生活を支えるという使命がある。俊介はいくらでも援助できる財産があるが、それを結城がよしとするとは思えなかった。そもそもスガノ警備の社長子息であることを打ち明けてもいない。

しばらく逡巡してから、俊介は再び携帯端末に触れ、電話帳からひとつの番号を選びだした。

「もしもし、兄さん？」

『話を聞いたぞ。今日は大変だったな』

六歳年上で今年ちょうど三十歳になる兄・孝介《こうすけ》には、現在、専務という肩書きがついている。実質、父親の片腕的な位置にいた。俊介と同様、子供のころから半強制的に武道を習わされたが、あまり適性がなかったようで、どれだけ真面目に鍛錬しても上達しなかったらしい。学業の方が伸びたこともあり、兄は結局、警備の現場は弟に任せ、自分は経営面で父親をサポートすると宣言した。有名私立大学で経営学を学び、いまは社内で順調に実績を作っているところだ。社会人になってから道場にはあまり顔を出さなくなり、必然的に体が鈍《なま》った兄は、最近腹が出てきたと嘆いている。

「今日のことで、ちょっと相談があるんだけど。兄さんにしか頼めないんだ」

『なんだ？　おまえが下手に出てくると、かならず厄介事を持ちこむという定説があるんだが』

「いやまあ、そこまで厄介事ってわけじゃないとは思う……」

『とりあえず、言ってみろ』

促されて、俊介はさっき本社で報告したときに言わなかった結城との関係を打ち明けた。なぜ伏せていたのか、もちろん理由もつけ加えて。

『おまえ……仕事中に恋人を見つけたってことか？　なにやってんだよ』

呆れた声を出す兄に、「いくらでもあとで謝るから、最後まで聞いてくれ」と懇願する。

結城の家庭の事情——病気療養中の義理の父親と二人暮らし——も話したあとで本題に入った。

「涼一さんをスガノで雇えないかな」

『どんなお願いかと思ったら……。その人はもう解雇されることが決まったのか？　早すぎないか』

「そのへんのことはまだはっきりしない。解雇されないとしても、会社に居辛くなるのは確かだと思う。そんな空気だって、近藤が教えてくれた。ああ、近藤っていうのは、中高の同級生で、偶然にも涼一さんの部下だったんだ。今回のことでいろいろと情報収集してくれたり、セクハラ部長に注意してくれていたりして」

『なるほど。内部に情報屋がいるわけだ。じゃあ、おまえが俺に頼みたいというのは、その人がもし若葉損保を辞めることになったら、そのときはスガノが拾ってやってくれということなんだな』

「うん。お願い」

『俺は人事の担当じゃないんだが』

「人事に一言、兄さんが推薦してくれればいいんだ。涼一さんはすごく真面目で有能だから、おススメだよ。家庭を守るために、絶対に仕事を失くしたくないと思っているから、会社のために尽くしてくれると思う。ちなみに肉体派じゃない。営業か事務系でお願い」

『いま中途採用を募集しているかどうかすら、知らないんだが……。まあ、人事に聞いてみよう。募集していなくとも、一人くらいはねじこめるだろうし。おまえがそれほど言うのなら、悪い人ではなさそうだ』

「ありがとう、兄さん」

『本当に若葉損保を辞めることになったら、あらためて連絡をしてこい。面接には俺も立ち合うぞ。信用できなさそうだったら、容赦なく不採用にするからな』

「わかっている。涼一さんのことだから、きっと大丈夫だと思うけど」

兄が話を聞いてくれてよかった。俊介はホッと胸を撫で下ろした。

通話を切ったところで、タクシーが結城の自宅の最寄り駅に近づいていることに気づいた。そこから道のりを指示して、マンションの前まで走ってもらう。

タクシーを降りてマンションのエントランスで部屋番号を押すと、すぐに藤崎の声が聞こえてきた。

「菅野です。涼一さんは御在宅ですか？　会って話したいことがあるんですけど」

『涼一君はいますよ。どうぞ』

自動ドアが静かに開いて、俊介を招き入れてくれる。五階まで上がり、三度目の訪問となる結城の自宅に足を向けた。玄関前で待ちかまえていたのか、俊介が呼び鈴を押すと、すぐに玄関ドアが開き、藤崎が顔を出した。

「こんばんは、また会えて嬉しいよ」

「突然すみません。どうしても今日中に涼一さんに会いたかったものですから」

「今日のことはだいたい聞いたよ。君が涼一君を守ってくれたんだってね。ありがとう」

「いえ、仕事ですから。ただ俺が警備に当たっているときでよかったです」

笠井は素人なので取り押さえることは難しくなかった。俊介でなくとも容易《たやす》かっただろう。ただ、伝聞ではなく自分の目でなにが起こったのか知ることができた点はよかったと思っている。

「涼一君を呼んでくるから、君はリビングで待っていてくれ」

俊介は丁寧に頭を下げてから、玄関内に足を踏み入れた。中に入るのは二度目だ。すこし緊張しながら廊下を進み、リビングまで行く。しばらくしてから藤崎に連れられるようにして涼一が別のドアから入ってきた。ぐっと唇が引き結ばれていて表情は固く、憔悴《しょうすい》した様子だ。俊介を歓迎している雰囲気はなかった。

「義父さん、俺に聞きもしないで菅野君を入れるって、酷いじゃないですか」

「連絡を無視しておきながら携帯を肌身離さず持っている君がいじらしくてね。親としてどうにかしてやりたいと思うじゃないか」

藤崎はにこにこと笑いながら、俊介をソファへと促す。結城と向かい合わせに座らせると、藤崎はキッチンへ行った。

「涼一さん、体調はどうですか」

「……どこも悪くないよ」

顔を俯けたまま、ぼそっと涼一が答える。俊介からの電話やメールを無視していたことについて理由を聞きたかったが、ただでさえ参っている結城を責めることにならないかと、俊介はなかなか次の言葉を発することができなかった。

「……連絡をくれていたのに、応じなくてごめん……」

結城の方から謝ってくれた。俊介はふっと肩の力を抜いて、「大丈夫です」と安心させるように笑顔を見せた。

「何度もうるさく電話とメールをしてすみません。どうしても涼一さんの様子が気になって」

「……君に悪くて、落ちこんでいたんだ」

「なにがですか？」

「警察に、俺たちはただの友達だって言ったこと……。そうした方が話は拗《こじ》れないからって、自分から口裏を合わせようって言い出したのに、事情聴取が終わってから落ちこんだ。ごめん。君とのことを恥じているとか、後悔しているとか、そんなのはぜんぜんないんだ。でも、でも……」

目を潤ませて俊介を見つめてくる涼一が、愛しくてならなかった。藤崎がいなければ全力で抱きしめてくちづけているところだったが、いまは我慢だ。

「怒っているだろう？」

「怒ってなんかいませんよ。そうした方がいいって、俺も同意したじゃないですか」

「じゃあ、面倒臭い奴だと思っているか？」

「思っていませんって」

なにを言っているんだか、この人は――。

苦笑したところで、藤崎がトレイにカップを乗せてリビングに戻ってきた。いい香りのするコーヒーをいただいて、俊介はひとまず安堵する。涼一の中では俊介との関係が一番大切なことらしい。

笠井の件がどれほど結城の心に傷を残したか心配していたのだが、いまのところそれほどではなさそうだ。とはいえ、楽観視はできない。心の傷は自覚がないところで酷いトラウマとなって残ることがあり、時間の経過とともに表面に出てくることがあるからだ。

たとえそうなっても支えてあげられるように、俊介は結城のそばにいるつもりだ。

「会社からは、なにか言ってきましたか？」

「課長が、とりあえず二、三日は休むようにと連絡してきた。明日が年度末で、二課の忙しさを思うと心苦しいが、俺が出社することでみんなを平常心でいられなくしてもまずい。課長の言う通り、今週いっぱいは休んで、週明けから行くことにする」

「……大丈夫ですか？」

「正直、わからない。行ってみないことには――」

涼一は不安そうに視線を泳がせる。近藤が教えてくれたように、居辛い雰囲気になっていたら、結城は耐えられるだろうか。一日か二日ならばなんとか頑張れるかもしれないが、社員たちの好奇の視線がいつまで続くかわからない。それがすぐになくなるという保証は、どこにもなかった。

「あの、涼一さん、気を悪くしないでもらいたいんですけど」

「なに？」

「もし、もしもの話です」

「うん、だからなに？」

「もしも、涼一さんが若葉損保を辞めることになったら――」

結城の表情の変化に注意しながら、俊介はおそるおそる口に出した。

「スガノ警備に来ませんか」

「えっ？」

当然のことながら結城は驚いて目を丸くしている。藤崎も「おや？」という顔になった。

「いやあの、あくまでも選択肢のひとつに加えてもらえたらいいなという感じです」

「スガノ警備に行く……って、俺はまったく腕に覚えはないんだけど……？」

「警備ではなく、営業とか経理とか、そっちですよ。事務職はたくさんあります。もし、涼一さんにその気があれば、いつでも面接の段取りを整えます」

「いきなり面接？」

「あ、いえ、もちろん履歴書を書いてもらって、提出してもらいます。その際は、俺に預けてくださ
い。あの、専務が人事部に……いや、その、えーと、とりあえず、俺を通してくれればいいので……」
どこからどこまで説明すればいいのか考えていなかった。もうこれは素性を明かした方がいいので
はと思いはじめる。まだ若葉損保を辞めるつもりはないからか、結城はピンとこないようで首を傾げ
たが、藤崎が「くくっ」と笑った。
「ねえ、菅野君」
「はい」
背筋を伸ばして藤崎に向き直る。結城と気持ちが通じ合った以上、藤崎は舅《しゅうと》のようなものだ。嫌わ
れないように礼儀正しい態度でいようと気をつけた。
「きみの名字、本当はスガノって言うんじゃないの?」
ズバッと言い当てられて、俊介は言葉に詰まった。
「菅野って、草かんむりの菅野だよね。スガノ警備のスガノも、おなじ字だと思うんだけど」
人間、図星を突かれると固まってしまうものだと、身を持って知った俊介だ。額に汗を滲ませて、
ちらりと結城を見遣る。ぽかんと口を開いて啞然としている結城は、そんな表情をしていてもきれい
だった。
「君、スガノ警備の身内?」
「…………あ、その…………、はい………」

観念して俊介は認めた。こんなことならもっと早く打ち明けておくべきだったと後悔してももう遅い。格好悪いことこのうえなかった。俊介を見つめる結城の眉間にぎゅっと皺が寄る。

「スガノ警備の身内……って、もしかして、以前言ってた親が会社経営していて兄がその手伝いをしているっていうのは、スガノ警備のことだったのか？」

「……そうです」

黙っていてすみませんと、俊介は頭を下げた。結城のため息が聞こえてきて肝が冷える。引かれただろうか。意図的に話さなかったわけだから、騙していたも同然だ。結城を怒らせたら、俊介は許してもらえるまでなんでもする覚悟がある。

「もしかして、会社の独身寮には住んでいないんじゃないのか？」

ぎくっと顔を上げると、苦虫を嚙み潰したような結城の顔が目に入る。

「あの寮の部屋はフェイクで、別に家があるんだろう」

確信に満ちた口調に、俊介は項垂れるしかない。

「驚くほど生活感がなかったから、おかしいなと思ったんだ。スガノ警備の御曹司だったら、高層マンションに部屋がありそう」

その通りなので俊介は顔を上げられない。これはマズい。せっかく恋人になれて、これからバラ色の日々が待っていると喜んだばかりなのに、まさかの危機。しかしすべては自分が招いたことなのだ。だれを呪うわけにもいかない。

せっぱ詰まった俊介はソファを下りた。床に正座し、両手をつく。なんと、連日の土下座だ。

「黙っていてすみませんでした！」

ガバッと頭を下げ、額を床に擦りつけるくらい深く深く謝罪の気持ちをこめる。

「騙すつもりはなくて、その、ただの警備員としての俺を好きになってほしかったんです。いままで、スガノの息子ってことで、嫌な思いを何度かしたことがあるんで、そういうのを避けたかったというか、いやとにかく、俺のことは置いておいて、すみませんでした！」

頭上でため息が聞こえたが、それは結城だろうか、藤崎だろうか。

許すと言ってもらえるまで顔を上げないつもりだったが、藤崎が「とりあえず」と口を開いた。

「君たち、場所を移したらどうかな。ここは私の家で、私が席を外すのもどうかと思うんだよ。菅野君を中に入れたときは、まさかこんな話になるとは思っていなかったから、同席させてもらったが、これは二人の問題だろう」

藤崎がおっとりとした口調と笑顔でそう言いながら、俊介に立つように視線で促してくる。俊介はもぞもぞと起き上がり、結城の顔色を窺った。怒っているのか悲しんでいるのか複雑そうな表情をした結城は、戸惑いながらもソファから立ち上がる。

「じゃあ、外を歩きながら、すこし話そうか」

結城の提案に、いまの俊介は従うしかない。できればどこかに腰を落ち着けてじっくりと話をしたかったが、頷くしかなかった。

まさか菅野がスガノ警備の社長子息だったなんて――。

驚きだ。びっくりだ。笠井がナイフを出したときも驚いたが、またちがった驚きで涼一は唖然としている。藤崎が場所を移せと言い出してくれてよかった。二人で話した方がいい。聞きたいことがいろいろとあった。

◇

コートを取りに自分の部屋へ行くと、藤崎がついてきた。

「涼一君」

「はい？」

「今夜、戻ってこなくてもいいからね」

微笑みながらこの人はなにを言っているんだと、涼一は呆れてしまう。昨夜、外泊したばかりなのに。たぶん菅野とのあいだでなにがあったのか、だいたいのことを察しているのだろう。義理とはいえ息子が、彼氏ができてからはじめて外泊したというのに、応援する気が満々なのはおかしいように思うのだが。

「すぐに戻ってきます」

ついムキになって言い返した。コートを着こみ、ポケットに携帯端末と財布を入れる。玄関で待つ菅野とともにマンションを出た。

二人並んで夜道を歩きだす。涼一が黙っているからか、菅野は無言だった。ちらりと横目で様子を窺うと、緊張した横顔があった。

さて、なにから聞こうか。涼一になにを言われるのか、戦々恐々としている感じだ。

けだから、多少意趣返ししてもいいように思う。素性を話してくれていなかったことは、すくなからずショックだったわ
「ひとつ聞いていいか？」

涼一がおもむろに口を開くと「はい」と固い声が返ってきた。

「菅野《すがの》君、さっき嫌な思いを何度かしたことがあるって言っていたけど、やっぱり大企業の息子ってことで、お金目当てで言い寄られたりしたことあるのか？」

「あります。俺とつるんでいれば甘い汁が吸えると思うヤツって、わりと多くて。男女問わず、言い寄られたり媚《こ》びを売られたりしました。その中でも、こいつは信用できるっていう人間もいたんですけど、やっぱり俺のバックボーンを頼りたいって言ってくるんです。腹が立ったり、失望させられたり、いろいろありました。だから、いつのころからか、名字をスガノじゃなくてカンノと名乗るようになって、素性を隠して人と付き合うようになったんです」

「へぇ……、お坊ちゃんも大変なんだな」

金持ちの家には、それなりの苦労があるようだ。

「あの、お坊ちゃんなんかじゃないですよ。親父は厳しくて、道場に行けばほかの子供たち同様に鍛

えられたし、小遣いなんて一般家庭と同額かそれ以下しかもらえていなかったし、高校までずっと公立の学校だったんです」

「でも家はデカイんじゃないのか。実家の自分の部屋が何畳なのか言ってみろよ」

「うぅっ………」

菅野は苦しそうに呻いた。涼一は澄ました顔を作りながら、「すこしは困れ、バカ者」と内心では舌を出している。

「は、八畳くらいの部屋と、十畳くらいの部屋を使っていました……」

「二部屋もあったんだ。ふーん、それで庶民だとか言っちゃうわけ？」

「寝室と勉強部屋です。用途別に、部屋があっただけです」

「家政婦さんとか、運転手とか、いる？」

「……いいます……。でもそれは実家の話で、いまは一人暮らししています。全部自分で家事をやっていますから！」

「俺と恋人になっても黙っていたってことは、このまま隠しておくつもりだったんだろ？　何年くらいで別れる予定だったんだ？」

「えっ、別れる？」

ギョッとした表情で見下ろしてくる。街灯に照らされた菅野の顔は青くなっていた。

「別れる予定なんかありません！」

「素性を隠していたってことは、ずーっと、長ーく、付き合うつもりがなかったってことだろ。バレたら、いままで隠していて悪かったたって、謝れば許されると思っていたわけ？　そこで関係が終わっても構わないって、君は軽く考えていたわけだ。俺はそのていどの存在だったってことだろ」

「そんなこと、思ってもいませんでした。本当です。涼一さんと想いが通じ合って、いつ打ち明けようかと悩んでいたところなんです。許してください。俺は、ただの警備員として涼一さんに好きになってもらいたかっただけなんです」

「それって、俺の気持ちは無視していないか？　俺はただの警備員を好きになったのに、じつは大企業の御曹司でしたなんて、酷い話だよ。俺が動揺したり困惑したりしても、君には関係ないってことだろう」

「そ、それは、すみません。たしかに自分のことだけを考えていました。すみません……」

がくりと肩を落として立ち止まった菅野の横で、涼一も足を止めた。心から反省しているらしい菅野が、雨に濡れた犬のように哀れな風情を醸し出している。鬱憤が半分くらいは晴れてきたが、まだ足らない。まだ許さない。

「もしも、もしもの話だけど……」

「はい、なんですか」

「俺が義父の治療費が足らなくて、金策に困っていたら、君は援助できる？」

わざとらしい優しい声音で、涼一は金の話をした。菅野がぎゅっと目を閉じて、ひとつ息をつく。

なにかの覚悟を決めたような感じだった。

「もちろんです。涼一さんのお父さんのためですから、俺ができる精一杯の援助をさせてください。治療費だけじゃなく、最先端の治療ができる病院の紹介とか、凄腕の医師とか、繋ぎをつけろと言われれば、どんなツテを使ってでも連絡を取ります」

「アメリカで治療を受けさせたいって言っても、お金を出してくれる？　向こうって、とんでもなくお金がかかるらしいけど」

「大丈夫です。二十歳になったときに父親から自社株を譲渡されていますから、それを売れば現金に替えることができますし、足らなければ父親に頭を下げてでも借ります。いま住んでいるマンションも、売ればお金になると思います」

「……一人暮らしのマンションってどこ？」

「港区です」

「行ってみたいな。売ればお金になるんだろう？　どんなマンションか見てみたい。いまから連れて行ってくれよ」

「わかりました」

並んで駅前まで歩き、ロータリーで客待ちをしていたタクシーに乗った。涼一は口元に笑みをたたえながら車窓を眺める。菅野の心にはきっと嵐が吹き荒れていることだろう。涼一がいきなりお金の話をしはじめたのだ。まさか……と、信じられない気持ちになっているかもしれない。

豹変《ひょうへん》した涼一を、俊介が受け入れがたいと思ってしまった可能性がある。別れを切り出されたら、それはそれで仕方がないことなのかもしれないと、涼一は心のどこかで諦めはじめていた。

ただの警備員を好きになって、恋人になったつもりでいた。間違っても大企業の御曹司なんかではない。兄がすでに経営を手伝っているというから、菅野もやがて役職を与えられて、幹部になっていくのだろう。雲の上の存在になってしまった菅野が、涼一と変わらずに付き合ってくれる保証なんてどこにもない。そのうち良家の娘と見合い結婚してしまうかもしれないし。

そうなったときに捨てられるよりも、いまのうちに別れた方が傷が浅くていい。

思い出として菅野のマンションを見せてもらって、悪態をついて終わりにしてやろうか。

涼一は半ば自棄になりかけていた。

タクシーが停まったのは、豪華なエントランスが目につく、高層マンションだった。かすかに潮の匂いがする。高層階からはきっと東京湾が一望できるのだろう。夜景も素晴らしいにちがいない。菅野に促されて中に入れば、ここは一流ホテルかと錯覚しそうなロビーがあり、壁際のカウンターにはスーツを着た品のいい男性がいた。警備員には見えない。

「おかえりなさいませ」

「ただいま。この人は俺の友人です」

菅野が涼一をそう紹介すると、男性は微笑んで会釈してくれた。そこを通り過ぎ、エレベーターに乗る。「さっきの人は？」と聞くと、菅野は視線を外しながら「コンシェルジュ」と答えた。やはり世界がちがう――と痛感する。

　エレベーターで十数階を一気に上がり、菅野の部屋に通された。想像通りの広いリビングと、大きな窓越しに見える夜景。ここで歓声でも上げれば、金目当てのろくでなしの演技は完璧だったかもしれない。でもそこまで涼一はできなかった。こみあげてきたのは、喜びではなく悲しみだった。

「り、涼一さん？　どうしたんですか？」

　慌てた声にハッとする。視界がボヤけて見えて、自分が涙ぐんでいることに気づいた。

「ちょっと、夜景に感動しただけだ……」

「えっ？　そんな嘘つかないでください。怒っているんでしょう？」

「……怒っていない。悲しいだけだ。騙されていたんだなと思って……」

「ああもうっ」

　菅野は両手で自分の髪をぐしゃっとかきまわし、ため息をついた。無言でその場に正座をし、涼一に向かって両手をつく。あらためての土下座謝罪だった。

「本当にごめんなさい。本当に本当にごめんなさい。すみませんでした。父親がスガノの社長だって黙っていたことは、この通り、謝ります。これが本当の俺の部屋です。二十歳になったときに父親からいろいろと譲渡されて、大学卒業後はスガノに入るつもりだったから本社に近いと便利かなと思って、ここを買いました。だけど、寮に部屋があるのも事実で、泊まるのはここと半々くらい。寮の方が食事が用意されていて楽だったから」

涼一は潤む目で、土下座している菅野の広い背中を見下ろす。

菅野が真実、悪い男ならば、こんなに何度も謝りはしないだろうとわかる。涼一を手放す気はないから、こうして手をついているのだ。素性を明かさなかった理由は理解できるし、謝意も感じる。けれど、ではいつ打ち明けるつもりだったのかと問いたい。藤崎が指摘しなければ、ずっと黙っているつもりだったのではないか。そのていどの付き合いで満たされる関係で終わるつもりだったとしたら、涼一の真剣な気持ちはどこへ向かえばいいのか。

「俺のこと、軽く考えて本当のことを言わなかったんだろう？」

「まさか、俺は本気で涼一さんが好きです。いつ打ち明ければいいのかって、悩んでいました。こんなことなら、最初から言っておけばよかったのかなって、いまさらながら後悔もしました。あの、さっきの、お義父さんの治療費の援助に関してですけど、俺は本気でなんでもやるつもりなんで、言ってください」

ははは、と涼一は乾いた笑い声をこぼす。

「あんなの、本心じゃないよ。言ってみただけ。というか、君をちょっといじめてみたくなって、君が嫌がりそうなことを並べたててみた。あんな話、聞きたくなかっただろう」

「いいえ、涼一さんの頼みなら、なんでも聞きます。精一杯のことをさせてもらいます」

「騙していたっていう罪悪感があるから？」

「そ、それは、もちろんあります。でも、一番は、愛しているからです！」

きっぱりと言い切り、菅野は挑むように下から見上げてきた。

「涼一さんの苦境を俺の財力で救えるのなら、こんなに嬉しいことはありません。一文無しになってもかまわないくらい、涼一さんの助けになりたいです。本当です。神に誓って、嘘は言っていません。もう二度と、涼一さんには秘密を作りません。絶対に、嘘は言いません」

「菅野君……」

必死に言葉を紡いでいる菅野を、やはり嫌いにはなれない。

はじめての恋人なのだ。はじめて肌に触れることを許した。はじめて抱き合ったまま眠った。そんな相手を、そう簡単に嫌いになれるほど、涼一は情が薄い人間ではなかった。

「もう、嘘はつかない？　俺を騙さない？」

「誓います」

「俺のこと、本気で好き？」

「好きです。愛しています。あなただけです」

だから許してください、と菅野の目が訴えている。涼一はぐすっと洟《はな》をすすり、眼鏡をずらして目尻に溜まった涙を指で拭った。そして土下座ポーズのままの菅野の前に、しゃがみこむ。叱られた犬のような目をして黙っている菅野に、つい右手を差し出した。てのひらを上にして。すると菅野はひょいと左手をそこに乗せた。プッと吹き出してしまう。

「お手？」

「涼一さんが望むなら、犬になります。お手でもお座りでも伏せでもチンチ――」

「言うな」

慌てて菅野の口を手で覆った。

「芸はしなくていい。君が一番できるのは番犬の役割だろう」

「優秀な番犬になります」

「――誓いを破ったら、ただじゃおかないけど、いい？」

「いいです！」

パアッと表情を明るくして、菅野が抱きついてきた。いきなり口をキスで塞がれ、目を丸くしているあいだに床に引き倒される。涼一に許されたとわかったとたんにこれだ。本当に心から反省しているのだろうか。ムカッとして菅野の耳を指で摘み、引っ張り上げる。

「痛っ、痛てててっ」

「おい、調子に乗るな」

「でも俺、もう嘘はつかないことにしたんで」

「は？」

「いますごく涼一さんを抱きしめたくてキスしたかったんです。だからしました」

「………………君はバカだろ」

なんだかショックを受けて暗くなっていることが馬鹿馬鹿しくなってきた。涼一はぐったりと脱力する。上に乗ったまま動かず、笑顔になっている菅野を恨めしく見上げた。

「君のことを、これからなんて呼べばいいいんだ？　カンノ？　スガノ？」

「俊介って呼んでください」

カッと顔が熱くなる。そうか、その問題があったと思い出す。忘れていた。まだ心の準備ができていないのだった。

「それは、またの機会でいい。とりあえず、名字の呼び方を決めてくれ。カンノなのかスガノなのか」

「どっちでもいいですよ。日常的には俊介って呼べば、なんの不都合もないでしょう？」

「いやだから、名字はどちらなのか君が決めてくれ……って、どこを触っているんだ！」

もぞもぞと菅野の手が涼一の体を這いまわりはじめた。体格で勝るうえに柔道段位持ちの菅野だ。どこをどう押さえているのか不明だが、ほぼ身動きが取れない。シャツをめくり上げられて腹を撫でられ、ざわっとあやしい感覚が生まれる。いろいろとありすぎて精神的にはそれどころではないはずなのに、体が勝手に反応した。

「名字の呼び方なんかにこだわっている涼一さん、すっっっっごく可愛いです。たまんないです」

「俺が可愛いとかやめろ。もうすぐ三十だぞっ」

「年は関係ないですよ。愛しています。隅から隅まで食べてしまいたいくらいです。真っ赤なほっぺが可愛いです」

「ほ、ほっぺ？　ほっぺだと？　大人なら頬と言え！」

「涼一さん……」

「んぐっ」

抗議していた口が塞がれて、なにも言えなくなった。押さえこまれて、激しくくちづけられる。口腔内を舐められ、舌を絡められて吸われ、理性を根こそぎ奪おうとするかのように貪られた。好きな男に抱きしめられて、敏感なところを舌で弄られ続ければ、どんなに頑張ってもいつかはとろとろにされてしまうものだ。その情熱的なくちづけに、年下男の必死さを感じてしまえば、余計に。

唇が離れたときには、二人とも息が上がっていた。くったりと力を失くした涼一の体は、淫らな熱を帯びている。上になっている菅野の下腹部には固いものがあって、涼一の大腿部に当たっていた。

熱っぽい瞳で見つめられる。自分もきっとおなじような目になっているだろう。

「涼一さん、ほしいです……」

掠れた低音で囁かれながら脇腹を撫でられる。ぞくぞくする感覚は、たぶん快感。

「いますぐ、ほしいです。いまじゃないと、ダメなんです」

「菅野君……」

「あなたを、ください」

今夜を逃したらなにかが変わってしまうとは思えない。けれど、まだ二十四歳の菅野が、自分の過ちを猛省して愛を請い、涼一のすべてを手に入れたいと焦っている心情はわからないでもなかった。

ここで頑なに拒むほどの理由が、涼一には見当たらない。いい年をして大切にとっておくほどの貞操ではないし、ほしがってくれているのは好きな男だ。昨日から今日にかけて起こった、さまざまな出来事の締めくくりにしてもいいのではないか、なんて考えてしまった。

仕方がないなと苦笑しながら、涼一は「わかった」と答えた。

「あげるよ、君に」

「涼一さんっ」

「ていうか、昨日から、もう君のものになっているはずなんだけどな」

瞳を潤ませた菅野は、涼一の首筋に顔を埋《うず》めてきた。痛いほどに首を吸われ、さらにシャツのボタンを外されて胸にキスの雨を降らされる。

（ここで？）

ここは皓皓と明かりがついたリビングで、床の上だ。すでに後頭部と背中が痛い。その上、夜景が見える窓はカーテンが閉じられていない。高層階なので覗き見られる心配はないだろうが、はじめての場所がここというのはできれば勘弁してもらいたかった。

「あの、菅野君、場所を……」

ちくっと腹のあたりに痛みを感じて頭を持ち上げる。シャツの前ボタンがすべて外され、肌が露わにされていた。そこに菅野が吸いついて、いくつも赤い痕がついている。菅野の唇は、男にとってはただの飾りでしかないという認識だった乳首を吸いはじめた。むず痒《がゆ》くて変な感じがしたが好きにさせているうちに、なにかが湧きおこってくる。やがてそれははっきりと快感となった。

「うっ、ん……っ」

こんなところで感じている自分が恥ずかしくて奥歯を噛みしめる。もうそこから離れてほしくて体を捩《ね》じったが、唇はついてきた。菅野の頭をとにかく引き剝がそうと両手で鷲摑《わしづか》みにしたとたん、カリッと齧《かじ》られた。

「あぁっ」

うっかり声が出てしまい、涼一は愕然とする。なんて声だ。鼻にかかったような甘い声が、自分の口から発せられたなんて信じられない。衝撃的すぎて頭がぐるぐるする。ちょっと休憩させてもらえないだろうか。それで場所替えを希望する。渾身の力を振りしぼって起き上がろうとしたが、やはりかなわなかった。

「菅野君、頼むから、ちょっと、待て。タイムだ、タイム！」

「なに言ってんですか。車と男は急には止まれないんですよ」

「ここは嫌だ！」

せめて暗いところ、と真剣に訴えると、菅野は「ああ、そうですね」と頷いてくれた。菅野が上から退《ど》いてくれてホッとしたのもつかの間、いきなり横抱きされて悲鳴を上げそうになった。

「な、な、なにっ？」

「俺たちの記念すべき初夜ですから、大切に運びます」

「自分で歩ける！」

「いいから、おとなしくしていてください」

菅野はご機嫌な笑顔で軽々と涼一をお姫様抱っこし、リビングから出る。ドアを蹴って開けた先には、大きなサイズのベッドがあった。暗くてリビングからの明かりが届く範囲しか見えないが、家具らしきものはベッドしかない。涼一はそこにそっと下ろされ、チュッと頰にキスされた。

枕元に置いてあったリモコンで、菅野が室内の照明をつけた。天井の際と足元だけがほのかに明るくなる。間接照明の優しい光に、涼一は安堵した。

「すみません、がっついちゃって」

菅野が眉尻を下げて申し訳なさそうにしながらも覆いかぶさってくる。スレンダーに見えてがっちりと筋肉がついた若い体を、涼一は両手を広げて抱きとめた。薄暗い寝室のベッドで安心できたせいか、素直に菅野の重みを嬉しいと感じられた。

それからの菅野は優しかった。性急にことを進めようとはせず、すべてが初体験の涼一を気遣いながら、性感を高めていってくれた。全身にキスをしてくれ、「愛している」「きれいだ」と囁いてくれた。だから涼一も「俺も愛している」とちいさな声で返すことができた。

「あっ、んっ」

ぬめったものをまとった指を後ろに入れられたときも、嫌じゃなかった。

「どう？　痛くない？」

「……だい…じょうぶ……」

はあっと熱い息を吐きながら、涼一は無防備に体を開く。菅野を信じて、すべてを任せた。中に気持ちよくなる場所があるというのは、知識として知っていた。それが前立腺というもので、感じ方は人それぞれらしいというのも知っていた。自分がどれほどそこで感じることができて、菅野を満足させられるかどうか、内心では心配だった。もし向いてなかったらどうしよう。菅野を失望させたら悲しいと思っていたが——。

「あ、んっ！」

そこに菅野の指が触れたとき、涼一は全身で反応した。一気に射精感が高まるほどの快感を、はじめて体験する。勃起していた自分の性器が、さらに膨れあがってどっと先走りをこぼすのがわかった。

「ここ、すごく感じるみたいですね」

菅野が嬉しそうに笑ったので、かなりの羞恥だったがこくりと頷いた。

さらに指が増やされて、じっくりと解されて高められていくあいだ、涼一は自分の体に与えられる刺激でいっぱいいっぱいだった。菅野にはなにも返せず、ずっと我慢させていたと気づいたのは、指が引き抜かれたそこに灼熱《しゃくねつ》の肉塊があてがわれたときだ。

先端はぬるぬるになっていて、昨夜触れたときよりも熱いように感じた。こんなになっているのに自分の欲望を後回しにしてくれていたのかと、年下の恋人の気遣いに胸がきゅんと切なくなる。

「涼一さん、いい？」

「いいよ……。俊介、きて」

はじめて名前を呼んだ。菅野の目に歓喜が湧き、涼一も微笑んだと同時に、後ろに圧力がかかる。

「あ……あっ、んっ……」

「ごめん、涼一さん、きつい？　俺の、デカくてごめん」

なんだその謝り方は。こんなときに笑わせるなと軽口を叩く余裕はなく、涼一は菅野に縋りついて衝撃に耐えた。じりじりと時間をかけて、けれど確実に奥まで入ってくる菅野のそれ。痛くて苦しくて涙がこぼれた。

「涼一さん、泣かせてごめん。でももう、止まらない……」

目尻に柔らかな唇がそっと触れてくる。涙を吸い取ろうとする唇をいやいやと頭を振って拒み、キスしてほしいと唇を差し出した。願いはすぐに届けられて、優しくくちづけられる。ついばむようなキスに気を取られているうちに、菅野は根元まで涼一の中に埋めこんだらしい。ひとつ息をつき、汗ばんだ涼一の額を撫で上げ、そこにまたキスを落としてきた。

「涼一さん……嬉しい。ありがとう……」

セックスしてありがとうなんて、きっとおかしい。でも涼一もおなじ気持ちだった。

挿入された異物の大きさに涼一の体が慣れてきたころ、菅野が小刻みに動きはじめた。指で弄られて感じたところを屹立で抉《えぐ》られる。

「ああっ、あーっ」

痛みと快感で頭がどうにかなりそうだった。背中をのけ反らせながら菅野の腕に摑まる。しだいに激しくなる動きに、涼一は身悶えた。もうそこばかりを責めるのはやめてほしいのに、菅野は狙いすましたようにおなじところを突いてくる。

動きに合わせて揺れていた性器を大きな手に包まれて、さらに惑乱させられた。前と後ろを同時に弄られるとひとたまりもない。

「やだ、や、あんっ、それ、やめ……っ」

「涼一さんっ、くっ」

「あーっ、あーっ、あ………っ！」

がくんと全身を硬直させて、絶頂に達した。頭が真っ白になる。数瞬遅れて体の奥に熱いものが叩きつけられる感じがした。

ああ、彼も気持ちよくなってくれたんだ――と、安堵する。胸を喘がせながら涙で濡れた目を開くと、菅野がじっと見下ろしてきていた。愛しいと、まなざしが雄弁に語っている。

「俊介……」

そっと、宝物のように名前を呼んだ。「はい」と内緒話のように応えてくれる。

「……俺、ちゃんとできた……？」

「最高でした」

「よかった……」

ふふっと笑うと、菅野が泣き笑いのようにくしゃっと顔を歪める。

「大切にします」

「うん。俺も、君を大切に愛していきたいよ」

どちらからともなく唇を寄せてキスをする。ゆったりと絡めた舌が、すぐに熱を帯びてくるのは当然だった。二人ともまだ若くて、体を繋げたままなのだ。萎えかけていた菅野の性器がふたたび張《みなぎ》ってきて、涼一を喘がせる。性器の大きさになれてきた涼一のそこは、貪欲に蠢《うごめ》き、奥へと誘《いざな》うような動きさえした——ようだ。涼一は自分ではよくわからない。

「もう一度、いいですか」

聞きながら、菅野はもう動いている。涼一もほしかったので、ふたたび愛の交歓がはじまった。体位を変えて、背後から挿入されたり、座位で繋がったりしたが、どんなことをしてもされても、愛情が募ることはあっても減ることはなかった。

◇

俊介は結城をともなってスガノ警備の本社に来ていた。スーツはひさしぶりのせいか、それとも本社の特別会議室にいるせいか、落ち着かない。となりに座る結城の方が、よほど落ち着いて見えた。

「俊介、貧乏揺すりはやめろ」

いつのまにか足が揺れていた。結城に指摘されて慌てて止める。

本社の最上階にある特別会議室は、めったなことでは使われない場所だ。年数回の執行役員会議のための部屋であり、一般社員が普通の会議で使うことは許可されない。そんなところで面接を行うと連絡が来て、俊介は緊張していた。背中に嫌な汗をかいている。

円卓と椅子は一目で高級品とわかるが、実家で見慣れている俊介は部屋の雰囲気に飲まれて緊張しているわけではない。これから兄が結城を面接するから上がっているのだ。

「り、涼一さん、リラックスですよ」

「わかっている。君もリラックスしろ。顔色が悪いぞ」

「ううっ」

俊介は両手で自分の顔をごしごしと擦った。

もし兄が結城を不採用としたら、どうする。しばらくは失業保険でなんとかなるかもしれないが、すぐに他の中途採用を実施している企業を探すだろう。

結城は若葉損保を辞めた。あの事件からまだ二週間しかたっていない。土日を含めて四日間休んでから出社した結城は、社内のあまりの空気の悪さに、早々に見切りをつけたようだ。加害者である笠井が社長の甥であることが理由のひとつだろう。社長側からしたら、ケンカ両成敗にしたいわけだ。責任は笠井だけでなく、結城にもあるはずだという態度を崩さなかった。そのため、結城は同情と好奇の視線だけでなく、非難も同時に浴びることとなり、満足に仕事をさせてもらえなくなった。

一週間、いままで通りに通勤した結城は、週末になってから課長に退職願を提出。すぐに俊介にスガノ警備の採用試験を受けたいと連絡してきた。俊介に異論はない。即行で兄に電話をかけ、人事部に繋ぎをつけてもらった。

そして今日、通常通りの中途採用の試験が実施され、最後に専務である兄の面接が行われるのだ。

もちろん、いつも兄が面接をしているわけではない。俊介が紹介した結城だから、兄がわざわざ会って話すと買って出たのだ。そのため、人事部が採用の判断をしても、兄が不採用と言ってしまえばそれで終わる可能性がある。結城のことだから、めったなことでは兄の不興を買うことはないだろうが……。

ドキドキとうるさい心臓をスーツの上から押さえつつ、そっと結城の様子を窺う。背筋を伸ばして座る姿は、とても凜々《りり》しくて美しい。

事件の夜に抱き合ってから、何度か夜をともにした。そのたびにあらたな感動がある。何度抱いても飽きそうになかった。もっともっと、この美しい人を愛したい。時間が許す限り体に触れていたい。

欲望は果てしなくて、とてもではないが結城にすべてをぶつけられるものではなかった。もう二度と嘘はつかないと誓ったが、性欲が果てしないなんて正直に告白したら引かれそうなので言わずにいる。過去に何人か恋人はいた。それなりに真剣に愛したつもりだったが、本気になるとはこういうことだったのかと、いましみじみと実感している。自分がこんなに性欲旺盛だったなんて、新しい発見だった。

そんなことを考えていたら、いくぶん緊張が解れてきて、楽に呼吸できるようになってきた。

「お待たせしました」

ドアが開いて、兄が入ってきた。秘書は連れておらず、一人だ。俊介よりもふっくらとした体型で、貫禄がある。つまり実際の年齢よりも老けて見えるわけだ。

結城はすっと立ち上がり、きれいに一礼した。

「はじめまして。結城涼一です。このたびはご多忙のところ、お時間を取らせてしまい、申し訳ありません」

「スガノ警備の取締役専務、菅野孝介です」

兄が円卓の反対側に座った。結城も腰を下ろす。

「いやいや、いつも愚弟がお世話になっているみたいですから、一度お会いしたいと思っていました。話に聞いてはいましたが、なるほど、弟が夢中になるのも頷けますね」

結城が、ちらりと俊介を横目で見てきた。すこし睨むような目つきにハッとする。そういえば、兄に二人の関係を話してあると、結城に伝えていなかった。

ヤバい、きっと怒っている——。

俊介は背中に冷たい汗を滲ませた。

「結城さんが若葉損保を辞めることになった経緯は伺っています。いろいろと大変でしたね。大事なくてよかったです」

「はい、俊介君に助けてもらいました。御社の警備の方たちにも、感謝しています」

「俊介と仲良くしてもらっているようですが、あなたを困らせていませんか？」

「……とくに、困ってはいません……」

その微妙な間はなんだと追及したくなったが、俊介は黙っていた。

「我が社についての意見等は、人事部の方でもう話されていると思うので、ここでは聞きません。私はあなたの人柄を見る係です。俊介が現社長の息子で、専務である私の弟でなかったら、スガノ警備に入ろうとは思いませんでしたか？」

「そうですね……思いませんでした。俊介君が誘ってくれたので、御社に興味を持ちました」

結城は正直に話しているが、それが兄にどう受け止められるのかわからない。

「結城さんのご家庭の事情も聞いています。同居している義理のお父さんがご病気とか。治療費の援助を俊介に頼ろうと思ったことはありませんか」

「兄さん、なんてことを聞くんだ」

気色ばんでテーブルを叩いた俊介に、結城が「いいから」と微笑んできた。

「もし、自分の貯えが足らなくなったら、俊介君に頼るかもしれません。でも、そのときは一生かかってでも返すつもりです。たとえ俊介君がいらないと言っても、最後の一円まで返したいです」

「なるほど」

兄はうんうんと頷き、「わかりました」とひとつ息をついた。

「あなたは信用できる人のようだ。そう人事部に伝えましょう」

兄が立ち上がり結城に右手を差し出す。結城も席を立ち、握手をした。

「えっ、えっ？」

これは、採用ということ？　兄は結城の人柄を認めてくれた？

ぽかんとしている俊介に、兄が笑顔を向けてくる。

「治療費は絶対に頼らないと答えられたら信用できないと思っていた。でも結城さんは借りるかもしれないが絶対に返すと言った。素直で真面目で毅然《きぜん》としていて、人間性は申し分ないと思う。若葉損保は人を見る目がないらしい。こんな人をみすみす手放してしまうなんて」

兄に最高の賛辞を贈られ、結城はそっと目を伏せた。頬がわずかに上気して色気が増す。兄には妻子がいるが、どんなノンケをも籠絡しかねない美しさに、俊介は冷や冷やした。自分のせいで艶《あで》やかさが出たのは喜ばしいことだが、危険だ。部屋に閉じこめて外に出したくなってしまう。

兄が会議室を去ってから、俊介は結城と連れだって一階に下りた。

「俊介、仲介してくれてありがとう。こんなにはやく再就職先が決まったのは君のおかげだ」

「いえいえ、このくらいなんでもありません」

感謝されて嬉しいのは隠しようもなくて、俊介は鼻の下を伸ばした。本社ビルの外に出て、俊介のマンションがある方へと歩いていく。ここのところ結城は俊介の部屋に泊まることが多く、ごく自然に足が向いているといった感じだった。嬉しい限りだ。

「勤務はどこになるのかな。義父さんがいるから地方は難しいって人事部の人に話したけど……」

「本社なら俺のマンションが近いです」

「一緒には住まないよ」

きっぱり言われてしまい、ヘコみそうになる。俊介としては、いつでもウェルカムなのだが。

「このあいだの精密検査、異常は見つからなかったんですよね？　すこしくらい離れて暮らしても平気ですよ。電車を乗り継げはすぐに帰れる距離なんだし」

「義父さんのことは、まあ、あまり心配はしていないよ」

「じゃあ、なんでです？」

「だって……君と一緒になんか住んだら、際限がなくなりそうだろ……」

「はい？」

横に並んで歩いている涼一を見ると、耳を赤くしている。ちらりと見上げてきた表情が照れを含んでいて、これまた可愛くて尻がむずむずした。

「もうじゅうぶん好きなのに、これ以上一緒にいたら、君をもっともっと好きになってしまう。そうなったらはしたないことになりそうで、恥ずかしい」

思わずごくりと生唾を飲み込んでしまう。

「あの、それって、どういう意味ですか」

「自分で考えろ」

「もっとしてもいいってことですか。平日は触りっこだけで我慢して、挿入は休日前ってことにしていますが、もっと頻度を上げてもいいってことですかっ？」

「君はやっぱりバカだろ！　路上でそういうことを言うな！」

顔を真っ赤にして結城がダッと駆けだす。俊介は慌てて追いかけた。本気を出せば鍛えている俊介が鈍っている結城に追いつくのは容易い。けれど、逃げる獲物を追いかける楽しみというものに気づいた俊介は速度を緩めて、ぬるい鬼ごっこを堪能することにした。

「涼一さーん、ねえ、一緒に暮らしましょうよー」

「いやだっ、絶対に暮らさない！」

「毎晩はしませんからー」

「当たり前だ！」

スーツ姿の大人が二人、恥ずかしいことをわめきながら走っている図というのは、たぶんものすごく奇妙だ。でも俊介は楽しくて、幸せだと思った。きっと結城もおなじだろうと、のんびり追いかけたのだった。

あとがき

はじめまして、あるいはこんにちは、名倉和希《なくらわき》です。

今回は警備員です。制服です。良いですね～。三割増しで格好良く見えますよね。さらに犬属性があれば言うことナシです。涼一《りょういち》はこれからどんどん俊介《しゅんすけ》をしつけていくと思います。まあでも、たとえなにかされても飼い主は心の底から駄犬を怒ることはできませんから、結局は許して撫《な》でてあげるんでしょうね。

私の一押しは、涼一の義理のお父さんである藤崎《ふじさき》と、俊介の上司の清水《しみず》さんです。やっぱり男はあるていどの経験を積んだ年齢でないと。二人ともそれぞれちがった魅力がある大人の男です。涼一が惹《ひ》かれるのは当然です。俊介は涼一の年上好きに危機感を抱いているので、せいぜい頑張って男を磨くことでしょう。

イラストは壱也《いちや》先生にお願いしました。壱也先生と組むのは二度目になります。素敵な制服姿の俊介に、激しく萌《も》えました！　ありがとうございます。

それでは、また次回作でお目にかかれますように。

名倉和希

小説原稿募集

リンクスロマンスではオリジナル作品の原稿を随時募集いたします。

募集作品

リンクスロマンスの読者を対象にした商業誌未発表のオリジナル作品。
（商業誌未発表のオリジナル作品であれば、同人誌・サイト発表作も受付可）

募集要項

＜応募資格＞

年齢・性別・プロ・アマ問いません。

＜原稿枚数＞

４５文字 ×１７行（１枚）の縦書き原稿、２００枚以上２４０枚以内。
※印刷形式は自由。ただしＡ４用紙を使用のこと。
※手書き、感熱紙不可。
※原稿には必ずノンブル（通し番号）を入れてください。

＜応募上の注意＞

◆原稿の１枚目には、作品のタイトル、ペンネーム、住所、氏名、年齢、電話番号、メールアドレス、投稿（掲載）歴を添付してください。
◆２枚目には、作品のあらすじ（４００字～８００字程度）を添付してください。
◆未完の作品（続きものなど）、他誌との二重投稿作品は受付不可です。
◆原稿は返却いたしませんので、必要な方はコピー等の控えをお取りください。
◆１作品につき、ひとつの封筒でご応募ください。

＜採用のお知らせ＞

◆採用の場合のみ、原稿到着後６カ月以内に編集部よりご連絡いたします。
◆優れた作品は、リンクスロマンスより発行させていただきます。
原稿料は、当社既定の印税でのお支払いになります。
◆選考に関するお電話やメールでのお問い合わせはご遠慮ください。

宛先

〒151-0051
東京都渋谷区千駄ヶ谷４−９−７
株式会社　幻冬舎コミックス
「リンクスロマンス　小説原稿募集」係

この本を読んでの
ご意見・ご感想を
お寄せ下さい。

〒151-0051
東京都渋谷区千駄ヶ谷4-9-7
(株)幻冬舎コミックス　リンクス編集部
「名《な》倉《くら》和《わ》希《き》先生」係／「壱《いち》也《や》先生」係

リンクス ロマンス

恋人候補の犬ですが

2016年3月31日　第1刷発行

著者……………名《な》倉《くら》和《わ》希《き》
発行人…………石原正康
発行元…………株式会社　幻冬舎コミックス
〒151-0051　東京都渋谷区千駄ヶ谷4-9-7
TEL 03-5411-6431（編集）
発売元…………株式会社　幻冬舎
〒151-0051　東京都渋谷区千駄ヶ谷4-9-7
TEL 03-5411-6222（営業）
振替00120-8-767643
印刷・製本所…株式会社　光邦
検印廃止

ISBN978-4-344-83683-9 C0293
Printed in Japan

幻冬舎コミックスホームページ　http://www.gentosha-comics.net